ユーモアの極意

ユーモアの極意

文豪たちの人生点描

中村 明

岩波書店

はじめに　ヒューマーを追って、おかしみの深みへ

笑うのは人間の証で、笑いころげる姿はいかにも人間という感じがする。誰かが笑っているのを見ると、何がおかしいのかと、こちらまで頬がゆるむ。だが、笑うのはおかしいときだけではない。うれしいときにも、楽しいときにも、照れくさいときにも、余裕を見せるときにも笑う。快感の笑い、満足感の笑いもあれば、安堵の笑いもあり、歓迎の意を表明する笑顔や、迎合する愛想笑いもある。逆に、あまりのことにあきれはてて笑うこともあれば、そういう間抜けな相手を蔑むときにも笑い、恐怖のどん底で突然笑いだすことさえある。

そのようなさまざまな感情にともなって、目を細めたり口もとをゆがめたりする表情や、鼻や唇の隙間からもれる小刻みな息、あるいは口を開けて飛び出す断続的な声という痙攣的な現象となって外部に現れるのが通常の「笑い」である。そういう広範な笑いのうち、本書で扱うのはもちろん、ことばによって生じるおかしみ、日本語における表現のふるまいが引き起こす笑いにおのずとしぼられる。そう限定してみても、なお、そこには、人を楽しませる軽いジョークから、知性のはじけるエスプリ、表現の裏にひそむ意図を感じとらせるアイロニー、そして、心にしみいる深いユーモアまで、世の中にはそれぞれ奥行の違う多様なおかしみが広がっており、次元を異にした実にさまざまな笑いがこぼれている。

鼻づまりや耳づまりという耳鼻科の症状の話から、目づまりの話に跳ねたり、とどのつまり、気づまり

や金づまりの話題に飛んだりすれば、きっと相手はあきれて笑いだす。自分でも、右眼は白内障、左眼は緑内障とこぼしたあと、素知らぬ顔で、頭はヨクナイ症ととぼけたり、さらに調子に乗って、あとはナイショーとつぶやき、煙に巻いたりする悪い癖があり、きまって白い目で見られる。そんな顔をされるのは、むろん低級な冗談が通じるからだ。まれには、「目づまり」は眼球と関係ないとか、「障」と「症」は漢字が違うとか、果ては「内緒」はショであってショーではないとかと、やたら生真面目に応じられて往生することもある。遊びのないハンドルみたいな、そんなこちこちに硬化した真面目人間にぶつかると、ああ、やれやれと、張り合いが抜け、なんだか口を利きたくない気分になる。

こんな言葉遊びの段階では、それが少々高級になったところでたかが知れている。ちょっとした機転で感心させるぐらいが関の山、心に届く深いおかしみは期待薄だ。が、笑い話や落語や漫才、喜劇やユーモア小説などに限らず、庶民の日常生活のなかにも、実に多種多様な笑いが散らばっている。時には、堅物で通るお役所発の標語にさえ、意外に気の利いた表現の工夫が試みられたりするから、そのイメージのギャップがおかしい。

はるかな昔、道路に「ここで死んだ」という立て札があって、ぎょっとしたことがある。情報を伝達するだけなら、通り魔事件ということも考えられるが、おそらく交通事故による死亡事件なのにちがいない。ここがその現場だと知らせ、そういうことのないよう、くれぐれも慎重な運転をと、注意を促す狙いだろう。穏やかに「事故多し」などと漠然とぼかす例が多いが、それよりも、「死亡事故発生地点」と明記したほうが印象が強くなり、それだけ注意喚起の効果が増すはずだ。簡潔でどぎついこの例はさらに生々しく感じられ、思わずどきりとする。とかく遠まわしな言い方を好む日本社会では、いささか行き過ぎで禁じ手に近いが、強烈なショックを与えるぶん、それだけ脳裏に深く刻まれ、その場所での事故はたしかに減りそうな気がする。

立て札や標語などは、気品をそこねない範囲で効果的なのが望ましい。そのため、できるだけ読み手の印象に残るようにと、いろいろ表現に工夫をこらす。これも大昔の例だが、「この土手に上るべからず警視庁」という立て札があったらしい。季語がなく、まして蕉風の侘びも寂びもしおりも軽みもないが、ともかく五・七・五に口調を整えてあり、見かけは俳句や川柳並みだ。意味にそぐわず、形だけ風流なのが、どこか空虚で、滑稽に響く。

まだ記憶に新しいところでは、「赤信号みんなで渡ればこわくない」という、これまた川柳じみた例がある。これもまた、六・八・五とすこぶる口調がいい。信号無視を奨励する内容だから、これはまさか警視庁の作ではあるまい。逆に、取り締まられる側が、くるま優先の社会に対する心理的な抵抗を、軽やかなリズムで歌ってみせた苦心の作なのだろう。

ここの眼目は、口調のなめらかさを演出する表現技術より、発想の面で大きな働きをしている事実である。人間にありがちな群集心理を利用し、交通弱者である歩行者のささやかな抵抗を擁護するように開き直った姿勢が、そういう立場にある民衆の共感をよんだのではないか。大勢で渡っていれば、いくら青信号でも運転手はブレーキを踏むはずだから、一人で横断するよりたしかに事故に遭いにくい。言われてみれば、なるほどそのとおりだ。そういうちょっとした発見もあり、いつも待たされている身に立ったこの反抗的な発想は、いくぶんおかしみを湛えているように思われる。

スピード違反を日常茶飯事としている運転者を念頭に、大所高所から「狭い日本、そんなに急いでどこへ行く」とスケールゆたかに自重を促す例にも、つい笑ってしまう。「落とせスピード、落とすな命」というふうに、「落とす」という同じ動詞を、違う意味で繰り返す、技ありの小粋な例を見たこともある。

ひところ、「飲んだら乗るな　乗るなら飲むな」という交通標語をよく見かけた。これなど、情報としては、要するに、飲酒後はくるまを運転しないようにという注意にすぎないが、なんとも調子がいい。ここにはいくつもの手の込んだ表現技術が駆使してあり、その多彩なレトリックの総合効果として、実に巧妙な名調子が誕生したものらしい。表現の方法と効果を分析しているうちに、つい笑ってしまうほどに芸達者な作品である。

第一に、アルコール飲料を摂取することを単に「飲む」とし、乗車一般ではなく自動車のハンドルを握って運転することを、これも単に「乗る」という動詞で済ませている。こういういわば象徴的な省略技法を駆使し、ここまですっきりとした表現に仕立てている。

第二に、その「飲む」と「乗る」という二つの動詞を、前半と後半で逆の順に並べてあり、倒置反復と呼ばれるこの技法で、独特の調子を実現している。

第三に、前半も後半も、「…するなら、…するな」という、条件プラス禁止という同じ構文を繰り返してあり、あたかも対句のように、耳に心地よく響く。

第四として、その結果、同じa音の「…ら、…な」の反復となり、いわゆる脚韻をふむ効果が生じている。

第五として、今度は最初の音に注目すると、「飲んだら」「乗るな」「飲むなら」「乗るな」というふうに、すべてノ音で始まり、いわゆる頭韻をふむ姿となっている。

第六として、次にリズムに注目すると、「飲んだら」と「乗るな」、「乗るなら」と「飲むな」というふうに、前半も後半も、どちらもまったく同じ、四音プラス三音という七音の反復となっており、全体で七・七調のリズムを構成している。

こんなふうに表現の言語的な性格を分析してみると、たった一四字、一四拍のいわば短章に、よくぞこまでとあきれるぐらい、さまざまな表現の工夫をこらした事実が明らかになる。これが詩歌でも何でもなく、実用的な交通標語なのだから、まことにほほえましい。文芸鑑賞の対象と化して、酒気帯び運転の撲滅を図る本来の目的が果たせるかどうかは請け合えないが、すっきりとして耳に心地よい。レトリックを駆使することでこの名調子が生まれ、実用の域を超えた、記憶に残る印象的な作品に仕上がっている事実は興味深い。

日常生活からもう一つ、さらに奥深い笑いを誘う標語の例を紹介したい。いつだったか、電車の中吊り広告に、「捨てる人は拾わない」という文と「捨てない人が拾っている」という文とが、いかにもさりげなく肩を並べているのを見て、思わず笑った。むろん公衆道徳を喚起する標語じみたことばで、これもやはり、いわゆる実用文のたぐいである。

このあとに「あなたはどちらのタイプですか」と問いかけて臨場感を高める手もあるが、それだと二者択一だから刺激が強く、読み手によってはいささか皮肉に響くかもしれない。

一方、「所かまわず、物をやたらに捨てるな。一体それを誰が拾っていると思うのか。道端にむやみに物を投げ捨てる人間の心ない行為のせいで、自分では捨てもしない赤の他人がその身代わりになって片づけるはめになる。他人に迷惑をかけないよう、みんなもっと自覚して、街を汚さない心構えを持とうではないないか」というふうに、本音をくだくだ説明してわかりやすく伝えることもできる。だが、こんなふうに隙間なく述べ尽くしたのでは、想像の余地がまるでなく、読んでいて息が詰まる。全体がべったりとしていて、表現がいかにも野暮ったい。それに、文面が喧嘩腰では反発を買って逆効果になる恐れもある。

その点、原文のこの味な言語作品は、どの行為がいいとも悪いとも迷惑だとも書いていない。「捨てる人は拾わない」という文と、「捨てない人が拾っている」という文とが、それぞれ事柄を淡々と述べているだけだ。その文間の論理関係も、世の中のそういう矛盾を糾弾する文句も、だからどうしろという主張も、そんな押しつけがましい表現が一切ない。

論旨も自らの主張も、多くを文面の奥にひそめ、すべてを読み手の想像や判断に委ねる潔い表現態度。要求のことばをあえて背後に沈めることによって、表現は象徴の域に高まる。ことばの姿が実にすっきりとして見えるのは、そういうストイックな姿勢の効果だろう。

こういう風通しのいい文章が、万人に働きかける標語として通用するこの国は、言いおおせて何かある、皆まで言うなという風土であり、相手の察しを期待する寡黙の文化を誇ってきた。こんな標語が通用するのは、シャイな日本語がまだ生き残っているからである。

純朴な読者の立場から、少々野暮な註釈と感想を書き添えよう。所かまわず物を投げ捨てるような人が、ましてや他人の捨てたものを拾って片づけようなどという殊勝な気持ちを起こすことは考えにくい。そんな無神経な人間の捨てたものをいちいち拾ってまで、清潔感あふれる街にしようと心をくだく人は、自分では汚さない人物であるということも、残念ながら現実だろう。そういう事柄だけを淡々と述べたこの二つの文は、その意味で押しつけがましい印象をまぬがれて素直に相手の心に届き、説得力を発揮しそうに見える。

問題は標語としての実用的な効果だ。何だか厭な予感がする。これを読んでそういう味わいを嚙みしめるのは、日ごろ拾ってばかりいる側の人間のほうではないか。肝腎の捨てている側の人間の目にはとまらないかもしれない。そんな不安である。そうなっては、何のための標語だかわからなくなってしまう。でも、良くも悪くもこの世の中、案外そんなものなのではないか。なぜか、不思議にそんな気がしてならないのだ。いったい、どういうわけか知らん？　これは、何の根拠もなく、ふと心をよぎった思いにすぎないが、それでも何だか、この勘が妙に当たっていそうな気がして、おかしい。これが人生というものの不思議かと、しみじみ笑ってしまう。

実効はともかく、この文面はそういう二つの文を並列させるだけで完結しており、それでひとつの言語宇宙を形成している。二つの紛れもない事実を指摘し、それをただ並べただけのこの標語は、読む者にそういう皮肉な現実を突きつけ、事柄自体にひそむ矛盾感で刺激して、多くを考えさせることだろう。論理的に隙間だらけで、風通しのいい、こういうこだわりのない表現だからこそ、読んでいて心地よく、どこか粋にさえ感じられるのだろう。論理的にはまさに隙間だらけながら、姿がすっきりとしていて、どことなく趣もあり、ある意味、文学的とさえ言えそうだ。皮肉な二行詩に見えないこともない。

ここまで、頭に浮かぶジョークや、日ごろよく見聞きする標語など、日常生活からいくつかの例をとりあげてきた。それらをこんな順に並べてみると、奇妙なことに気づく。何となく、それらの例の帯びているおかしみの色がほんのりと濃くなり、質的にもほんの少しずつ知性から感性へと比重が移り、そうして、次第に笑いの奥行が広がり、深みを増してゆくような気がするのだ。人生、笑いの種は至るところに蒔かれている。うっかり笑いそこねるともったいないから、ふだんの暮らしでも安閑としてはいられない。
高木あきこ詩集『どこかいいところ』(理論社)に「めがねをかけた日」という一編が入っている。女の子が初めてめがねをかけて学校に行ったときの気持ちを詠んだ作品だ。まず、その日が「雨でよかった」と始まる。「はずかしくて　かさで顔をかくして」歩いても、ごく自然に見えるから助かる。案の定、教室で友達にもの「めずらしそうにじろじろ見」られ、「宇宙人じゃない」のにと思う。先生が気がついて「かわいいじゃん　よくにあうよ」と声をかけてくれる。そういえば、「めがねどうし　クラスでふたりだけ」と気がつくと、思わず「うふふ」。やがて雨がやむと、「まどにきらきら　まぶしいひざし」、「黒板の字」も「みんなの顔も　はっきり見える」。「めがね成功!」と、すっかりうれしくなって、「ぴーんとせなかをのばすと」、「ちょっぴりオトナになった気分」として、この詩は結ばれる。これは本物の詩というジャンルの文学作品ではあるが、素材はまさに日常どこにでもよくある風景だ。その折の子供の気持ちになりきって、奇妙なところから唐突に成長を意識する、心のしたたりを、いくぶんユーモラスに、しっとりと汲みとっている。

若き日に、『名文』と題する著書(筑摩書房、現行版はちくま学芸文庫)のなかで、「上質のユーモアは文学最高の理念である」などと、それこそ若気の至りで大見得を切った。そんな昔を、今恥じらいとともに懐かしく思い出す。確たる論拠もなく、言い方もずいぶんと乱暴だが、きっとあの当時から何となく脳裏に描いていたのは、こんな笑いだったのだろう。これまでまったく気づかずにいたが、言われてみると、そのとおりだなあと、はっと気づく一種の発見。また、たしかに人間にはそんなふうな愚かさがあると共感し、それがいつかひとごとでなくなっているおかしみ。あるいは、まさにこれが人生というものかと思い知らされるきれぎれの洞察。あのころ、漠然と思い描いていたのも、そんなしみじみとした笑いだったような気がしてならないのだ。

この本では、理屈で説明できない不思議な現象、虚と実の境界を縫う奇妙な論理、何の論拠もないが、さりとて否定もできない奇想。人知の及ばないそのあたりまで広げ、人生のひとこまを実感させ、人間らしさのにじむ、そんな潤いのあるおかしみだけに焦点をしぼり、そういう〝ヒューマー〟を追って、しばし小説、随筆という文学空間をさまよってみたい。その種の深いおかしみ、それが笑いとなってはじける一瞬、一瞬に、どこか仕掛け花火にも似た、はかない人生ドラマとして、読者の胸奥に映ずることを願おう。

『日本語　語感の辞典』『日本の作家　名表現辞典』に続いて、昨年の秋の暮れに、『日本語　笑いの技法辞典』を、いずれも岩波書店から刊行し、言語と文学と笑いという研究分野の集大成たる辞典三部作が完結した。その笑い研究をまとめた辞典では、おかしみを誘発する日本語の発想と表現の全体像をとらえようと、笑い話、落語、漫才、随筆、小説などから収集した実例を分類整理した結果、実に一二類二八七種にものぼる種類があることがわかり、自分でもあきれた。その本は、日本語のあやなすそれらの多種多様な笑いの例を、小手先のテクニックでつくりだす浅い笑いから、人間という存在や人生の不可思議を味わう笑いの深みへと排列し、最後に「機微」という章で結んでいる。そこが悲しみと背中合わせの笑い、奥深いユーモアとしての「ヒューマー」の中心をなすと考えたのだ。

日本語による笑いの全体像を描いたその著書の「はじめに」の末尾に、「もしもいつか機会に恵まれれば、その〝ヒューマー〟だけに焦点をしぼり、暢びのびと『極上のユーモア』とでも題する小さな本を書いてみたい」と夢を語った。そうして、その上質のユーモア、笑いの最高到達点を満喫する「至福の時を読者と共有できる幸いを祈ろう」と結んでいる。

漢字が一つ「上」から「意」に転じた書名のこの本が、まさにその夢のささやかな本のつもりである。小説や随筆の中に得も言われぬおかしみの具体的な姿を探しあて、それぞれのヒューマーを作家別にたどろう。いずれ読者ひとりひとりが、文学最高の理念とも言うべき上質の笑いを求めて文学をさまよう過程で、ひどく個性的かもしれないこの手探りの試みが、奥の深いおかしみを探るひとつの先駆的な道標となれば、著者としてこれに過ぎるよろこびはない。

『日本語　笑いの技法辞典』に引き続き、本書でも岩波書店辞典編集部の赤峯裕子さんの創意に満ちた献身的なお力添えに支えられた。趣意に賛同され、形になるまでの過程で編纂に力を惜しまれなかった前部長の田中正明氏を含め、すっかりお世話になったお二人に、心から深い感謝の気持ちを申し述べよう。表紙は安野光雅画伯のご協力を賜り、製作部の金子陽子さんが内容ぴったりにデザインしてくださった。

タモリの番組に出演したという同郷のコーギー犬、愛君アーサーは正体もなく眠っている。きっと明日もまた朝早く、散歩の供を仰せつかることだろう。

二〇一八年　東京　晩秋の小金井にて

中村　明

目次

序章　人生のかけらが映る風景

読書は買いかぶり◆戸川秋骨

戸川秋骨の『ガストロノミイ』に、信じがたい味覚の持ち主が登場する。加茂川の一定の場所で、下流に向かって流れるままに汲んだ水と、上流に向かって流れに逆らって汲んだ水とでは、それを沸かして茶を淹れたときの味に差が出るというのだ。これが奇数回目と偶数回目とでもいうのなら、そんなばかな、気のせいだと一蹴するところだろう。ところが、この場合は汲む際の抵抗が違うはずだから、その衝撃差が水の硬さや粗さに微妙に影響しないとも限らないような気もしてきて、絶対ありえないと断定するのもためらわれる。理屈でうまく説明できそうもなく、依然として信じがたいものの、さりとて一概に否定するわけにもいかない。何とも落ち着かない気分ながら、つい笑ってしまう。

同じ秋骨の『読書』と題する文章は痛快だ。良書を選べと言われるぐらいなら、むしろ本を読まないほうを選ぶと、極端に言ってのける。読書に重きを置くのは、先人を買いかぶりすぎているのであり、書物などそもそも読まなくてもいいものだ、といささか過激な筆勢を見せる反逆的な読書論である。そこから勢い余って、聖書をありがたがるのもどうかと思うが、キリストを偉人と考えるに至ってはもう気の迷いだとしか考えられないと展開する。実に痛快だが、クリスチャンにとってはとんだとばっちりで、このあたりはにわかに信じがたい。いささか勇み足の気味があって、行司の軍配が気になるところだ。

とはいうものの、「緑濃かに、しとしとと五月雨の降る日、好きなものを繙《ひもと》く程快いことはない」と展開するあたり、どう見ても読書嫌いの人の弁ではない。むしろ思うがままに読書三昧の境地にひたりたいのだ。あれを読め、これを読めとよけいな指図をされるのは真っ平。読む本ぐらいは他人に干渉されず自分で選びたいというのだ。読みたい本を読む至福の時間を恋い焦がれているのであり、これこそまさに真っ当な読書論ではないか。

読書にはこんな妙味もある。直接会って話を聞いてみたい人物は、今のこの世にも何人かいる。だが、実際にそんな相手に面会できる機会はめったにない。まして、その憧れの人と直接ことばを交わすチャンスなどほとんどないのが現実だろう。その点、本の場合は、何を読むかは基本的に自由だから、相手を自分で選ぶことができ、どんな偉い人とめぐりあうことも意のままだ。それも生きている相手だけではない。今は亡き井伏鱒二はもちろん、明治期の夏目漱石とも、江戸時代の松尾芭蕉や井原西鶴、あるいは良寛とも、遠い平安の昔の紫式部や清少納言とも、さらには李白やシェークスピアやゲーテやチェーホフやカミュらとも、時空を超えて遭遇できる。対面して物語る肉声をじかに耳にする気分にもひたれる。読書三昧を説く著者の脳裏には、そんな想像も浮かんだかもしれない。

それも読書の醍醐味の一つ。理屈はまさにそのとおりだ。こういう発想それ自体が滑稽なのではない。この世の中で誰もそれまで気づかずにいたかもしれないこの正論へと、巧みに読者を誘い込む作者の心にくいまでの話の運びがいかにもユーモラスなのである。

心残りの危機脱出　◆　生方敏郎・徳川夢声・牧逸馬

生方敏郎の『生活から』には、柱時計で一時を打つ音がいちばん嫌で恐ろしいという人間が出てくる。

並の人間には三時でも八時でも十二時でもみな同じはずだが、きっと何かわけがあるのだろう。いくつか鳴れば、ああ時計だなと気がつくが、一つだけだと一瞬何の音かと不安になるのだろうか。それも真夜中の一時だとよけい不気味な感じがつのる、そんなこともありそうだ。案外、ひとの盲点をついた微妙な感覚なのかもしれない。

同じ作者の『女人国遊記』には、皮肉な対照現象の指摘もある。独身の者は自分が独占できる異性のないことに不満を感じ、結婚すると今度は自分を独占する異性のあることが負担になるという洞察がそれだ。矛盾に見えるが、「が」と「を」が曲者。失恋するのは不幸だが、結婚せざるをえない恋愛よりはましだという見解もユニークで、読者にしみじみと考えさせる。同じく『暖い窓』には、読者をはっとさせる名言も出てくる。あとで後悔するほどの品でなければ、人に物を与えたとはいえない、というのがそれだ。まさにそのとおりだと何だか目が覚めた気がして思わず笑ってしまう。

徳川夢声の『連鎖反応』に、戦時中の警戒警報のさなか、絶世の美人であったという隣家の嫁とキスをする絶好の機会を得ながら、ついに果たせなかった月夜の晩の話が出てくる。もっとも、果たせなかったから文章にするのだろう。この女は人妻なのだと自分にきつく言い聞かせて、からくも危機を逃れたのだという。不倫行為に及ばなかったのだから問題はないのだが、何だかあの夜、相手もいくらか期待しているようなそぶりを見せたような気がして、危機を脱したことを無念この上なく思う気持ちも隠せない。倫理か空間かどちらかを無視すれば、あの美しい唇にふれることができたのにと、今になって後悔するのが、いかにも人間らしい。「倫理」か「空間」かという、日ごろ考えてもみない選択肢の思いがけない結びつきも、読者の意表をついておかしい。「そぶり」を具体化しないのが話術の妙だろう。

牧逸馬の『男・女・男・女』には、夫婦間のこんなやりとりが飛び出す。結婚を申し込むときのあなたの顔、なんだか馬鹿みたいだったわ、と、女王様扱いを受けた夢のような昔のひとときを妻が誇らしげに思い出す。すると夫は、自分に向けられた「馬鹿」という評価をそのまま受け入れ、誰だって馬鹿なことをするときには馬鹿に見えるさとやり返す。その女にプロポーズしたことが馬鹿なまねだったのか、それとも、プロポーズなどというものがそもそも馬鹿げた行為なのかと、読者は一瞬思いに沈むかもしれない。

ここに取り上げた例はどれも、普通の人が日ごろ思ってもみないことだけに、どれもはっきりと打ち消すこともできず、どこかおかしいなと思いながらも、わけもわからず笑ってしまう。

人前で大胆な仮説を放言してはばからない人もある。「上質のユーモアは文学最高の理念である」などと偉そうに大見得を切った、あの若き日の無分別な言動も、さしずめその典型的な例だろう。一瞬のひらめきといえば聞こえはいいが、とっさの思いつきを勝手にそうと断定してみせた暴言にすぎない。怖いもの知らずのその稚気や愛すべきほどだ。

何の論拠も示していないから、むろん、それが正しいという確証はどこにもない。が、それだけにまた、誤った考えだとして筋道立てて反論するのも容易ではない。「上質」でないほうがいいとか、「ユーモア」より「ペーソス」のほうが上だとか、「最高」ではなく二番目だとかと、具体的に否定するわけにはいかないからだ。そんなばかなことはないと一笑に付すのは簡単だが、それもまた根拠のない暴挙にほかならない。

その折の放言は独断にはちがいないが、今考えても案外そのとおりなのかもしれないと思う。なぜかはわからないながら、今でも何となく当たっているような気がするのだ。このように、理屈で説明のつかない、わけのわからぬ対象に出合ったとき、人はどこか落ち着かない気分になる。不思議に思って、おかしいなと首をかしげる気持ち、それがおかしみの芽生えなのかもしれない。

「自由」は「隙」の美化語 ◆ 長谷川如是閑・正木不如丘

長谷川如是閑の『如是閑語』に、少女の恋は「詩」で、年増の恋は「哲学」だとある。そのあとに、少年の恋が「信仰」で中年男の恋が「経済学」だとでも続けば異論も出ようが、男の目から見ると、女の恋についてのこの比喩は何となくもっともらしく感じられる。

結婚してみて、はじめて、男は女の賢さを知り、女には男の愚かさがわかる、そんな格言めいた一文も登場する。そんなふうに一概に言えるはずはないと思いながらも、これといって反論する材料も見つからない。男性読者は、じっと眺めているうちに、その堂々たる断定調に権威が感じられてきて、思わず笑いそうになり、あわててむずかしい顔をするかもしれない。

同じ作者が『奇妙な精神病者の話』で、事実を信じて間違うほうが、嘘を信じて間違うよりはるかに危険で有害だとも述べている。こんなに自信たっぷりにずばりと言ってのけると、これも格言じみて見えてきて、妙に権威の感じられるのがおかしい。

正木不如丘は、『朧《おぼろ》』と題する作品で、「自由」という語は人間の「隙」を意味する体裁のいいことばにすぎないと喝破する。これは意外に卓見なのかもしれない。「隙」というとマイナスイメージになるが、「自由」という語はむしろプラスのイメージに受けとられ、印象が全然違ってくる。つまり、体のいい言い換えにすぎず、実質的に似たようなものだ、という大胆な見解を吐露したものだ。読者はどこかおかしいと感じながらも、案外そんなものかもしれないと思ってしまう。

これは実は、恋愛と称する男女間の交渉ごとは、すべてその「心の隙」によって具体化されるという思いがけない見方と呼応している。両方で油断なく相手を警戒し合っている間は、そんな恋愛感情など生まれない。警戒心が緩んで互いに気を許す段階に達すると、心に隙が生じて、そこから相手を受け入れるようになる。

こんなふうによく考えてみると、恋は心の隙間から忍び込むという妙にうがった見方が、何だか当たっているような気がしてくるから不思議である。

シャイな日本語◆小津安二郎

映画の小津安二郎監督の母親が鎌倉の家でさぞや退屈しているだろうと、女優の飯田蝶子が気を利かして、当時はまだ珍しかったテレビを贈ったところ、小津から電話がかかってきた。きっとそのお礼だと思ったら、お蝶さん、駄目じゃないか、あんなものくれたら、婆さんテレビの前に坐ったきりで、俺の世話をしなくなったと、逆に文句を言われたらしい。ことばは乱暴で心外な言いがかりだが、それが涙声だから、オッちゃん口ではあんなことを言いながら、心の中で感謝していることが伝わってくる。が、そこは売り言葉に買い言葉、ああ、そう、ざまあみやがれと応じて電話を切ったという。今では喧嘩になるやりとりだが、二人の間柄ならこれでたがいの気持ちが通じ合う。大仰な謝意を口にするのは水くさく、粋でなかったのかもしれない。シャイな日本語の通じた時代の話である。

小津映画『東京物語』でも、肝腎なことほど、ことばに出さない。だから観客の心にしみるのだ。笠智衆と東山千栄子の演ずる老夫婦が、長男や長女の住む東京を訪ねた帰途、老妻は途中で気分が悪くなり、尾道の自宅に戻って他界する。翌朝、戦死したらしい次男の嫁、原節子の演ずる紀子が、老父周吉の姿が見えないのに気づき、探しに出かける。崖の上で街と海を見下ろしている姿を見つけ、ほっとして「お父さま」と声をかける。すると周吉は、意外にも、「ああ、綺麗な夜明けじゃった」と感慨深げにつぶやく。思わず胸が詰まる紀子に、「今日も暑うなるぞ」と続ける場面だ。

周吉のこの二つのせりふ、どちらも本音にはちがいないが、老妻を喪って悲嘆に暮れていたはずの人間が、自分の身を案じて探しに来てくれた嫁に向かって、最初に発することばとしては、どちらもいかにも不自然に感じられる。だが、考えようによっては、ひとつの象徴的な姿にも見える。すっかり打ちひしがれているにちがいない老父が、朝日の昇る姿の美しさに感動し、堪えがたい猛暑を予感してほほえむ。それは孤独を乗り越えて、これから気丈に生きて行こうとする姿と映るからだ。そういう姿勢を示すことで、自分を気遣ってくれる家族を思いやる、周吉なりのいたわりの声であったことに、観客もやがて気づくだろう。

小津映画の最後の作品となった『秋刀魚の味』にも、こんなシーンがある。やはり笠智衆の演ずる平山が、男手一つで育てた娘、岩下志麻の扮する路子の結婚披露宴のあと、仲間どうしで酌み交わす席からひとり抜け出し、足もとをふらつかせながら、なじみのバーのドアを押す場面である。岸田今日子の演ずるマダムのかおるが、平山の珍しいモーニング姿を見て「どちらのお帰り――お葬式ですか」と軽い調子で声をかける。ちょっとしたたわむれの、きっと冗談半分だったにちがいないこの問いかけに、平山は一瞬間をおいて、「ま、そんなもんだよ」と真面目な顔で応じる。ふだんなら、たわむれの応酬として笑顔を見せ合って終わるところだろう。だが、妻に先立たれた男が大事に育てた一人娘を手放した今夜の気持ちは微妙に違う。

ましてや他家に嫁ぐという意識の強かった当時のことだから、めでたい半面、宝物を失う以上に遣りきれない思いが強かったことだろう。底の抜けたような淋しさ、むなしさ。それはどこか、ほんとに弔いにも通うところがあったかもしれない。とすれば、この場面での「そんなもんだよ」という応答は、冗談どころか、平山が自身に向かってつぶやいたむしろ本音だったような気がする。

娘の新しい門出は、同時に親との別離を意味し、一方の幸福感は他方の喪失感とともに実現する。出会いと別れのこういう背中合わせの関係に気づくとき、婚礼と葬儀という正反対の儀式が、実は心の奥底で通い合うものであった、という思いもかけない事実に気づき、観客ははっとする。

慶弔二つのあまりに大きなイメージの落差で、このせりふは一瞬、ジョークに近いコミカルな笑いをよぶ。だが、それがじわじわと内奥で熟成し、やがて物悲しさを湛えるしみじみとしたヒューマーへと深まってゆく。主が嫁ぎ、誰も居なくなった平山家の二階の暗い部屋に、ぼんやりと姿見の鈍い光が浮かぶ、この映画のラストシーンは、同時に父親の心の風景でもあったかのように、観客の眼に象徴的に映るかもしれない。

お待ち遠さま！ ◆ 阿部昭

いつだったか、どこかでこんな話を聞いたことがある。母親の病篤く、看病のため家族が交代で病室に詰めていた。病勢が募ると、その場で一夜を明かす機会も増える。そんなある夜中に、息子が疲れ果ててぐっすり眠りこみ、いびきをかいたらしい。その音で病人が眠りを妨げられ、思わず「いびきがうるさい」と叫んだという。状況を客観的に観察すれば、病人のいささか身勝手な言動だということになりそうだ。しかし、その病人が亡くなり、それが母親のこの世に残した最後のことばとなってみると、わがままという印象は跡形もなく消え、遺族にとって格別の感慨を催すことだろう。偶然ながら、ちょっとしたボタンの掛け違いのようにも感じられ、物悲しいこのエピソードに、どこかひとすじのおかしみがきざすように思われる。

阿部昭の作品にも、そういった偶然の涙と笑いの一瞬の交錯が描かれる。『司令の休暇』にこんな錯覚が描かれる。敗戦軍人として戦後を不器用に生きてきた父親が、癌に冒され、今や望みを絶たれて病床にある。隣の部屋で息子が、これがおやじのこの世で見る最後の夏だなという気持ちで外の景色を眺めていると、いつかもうすべてが終わったような気がしてきて、壁の向こうに父親が寝ているという現実のほうが、むしろ幻のように思われてくるとある。言われてみると、なるほどそういう錯覚はいかにも起こりそうで、読者も感覚的に納得し、不謹慎とわかりながらも、おかしくなってくる。

『父と子の夜』には、終わりの近い病人を看病する側の心理が描かれている。父親がいよいよという段階になると、それを看取る身内のほうもすっかり覚悟ができて、もうひとふん張りだと、むしろ「気力が充溢」してくるという。長く患った病人が今日か明日かという状態で、徹夜の看病が幾日も続いたあとなどでは、たしかにそういう気持ちになるだろう。病人には気の毒ながら、その心理はよくわかる。

そうして、瀕死の病人の痩せた姿を見るにつけ、自分もああなってはおしまいだと思い、隙をみては仮眠をむさぼったり、店屋物の嫌いな父親のほうを盗み見ながら、こっそり腹ごしらえをしたりする。長い看病の間にはきっとそんなこともあるだろうと、読者も病人の目を盗んで笑いたい気分になるかもしれない。

そんなある日、ちょいとところで腹ごしらえと、蕎麦を注文したという。すると、あいにく父親の容態が急変した。間の悪いことに、息を引き取った直後にその出前が届いたらしい。事情を知らない出前持ちは当然、お待ち遠さま！と声をかけるが、医者も看護師も家族もみな故人の上にかがみこんでいて、誰も返事をしない。そんなこととはつゆ知らぬ出前持ちは当然、注文した主に聞こえないのだと思って、「お待ち遠さま！」と、さらに声を張り上げる。まさにこれは作者が「父の死ははなはだ喜劇的」と評する出来事である。

結果としてはまさにそのとおり喜劇と言っていい。だが、病院だからことによったら……などと出前持ちが極端に気をまわせば別だが、通常そういう事態を察するはずはないから、自然にこういう結果となる。つまり、これは仕組んだものではなく、まったくの偶然にすぎない。しかし、書き手にとっては単なる笑い話では済まなかった。その偶然によって思わぬ思考へと駆り立てられる。幾晩も危篤状態のまま徹夜を強いられ、さらにいつ果てるともなく看取り続けなければならなかった家族にとって、出前持ちの「お待ち遠さま」というその声は、ある意味、まさに自分たちの本音を代弁してくれたようにも聞こえたことだろう。

それに、一般論としてこんな気持ちも働いたかもしれない。いくら愛してくれ、また尊敬できる面もある相手だったとしても、ともかく父親として、それまでいくばくか自分が頭を抑えつけられる存在であったことは、多かれ少なかれ事実だったはずだ。とすれば、父親が目の前から消えることに、息子として何かしらほっとするところも、心のどこかになかったとは言えない気もする。

ひとつの悲劇が、偶然のことから喜劇に転じ、あれこれ考えめぐらすうちに、悲しみとおかしみが截然と分ちがたい悲喜劇へと姿を転じていることに気づく瞬間である。

くすぐったい沈黙 ◆ サトウハチロー

詩人の感覚には意表をつかれることがある。思いがけないところに「ちいさい秋」を見つけて掬いとったサトウハチローの散文作品に、いわば感情がらみの感覚とも言うべきそんな例を探り、いくつか拾い集めてみよう。得も言われぬひとときとなるはずだ。ひとつ見つけるたびに、読む側の心持ちまで快くくすぐられ、自然にほほえまれてくるように思われる。

『センチメンタルキッス』に、「横丁のいくつかを曲ると、煉瓦のしめった建物の角へ来た」とあって、「夕方犬が寂しさのあまり、ひっかけた小便のしみがまだ建物についている」と説明し、それを意外にも「得も言われぬよき場面」と評している。昔の銀座のうらぶれた一角の朝の風景を、そこに漂う空気ともどもスケッチした一葉なのだろうか。ほんとに「寂しさのあまり」だったのか、犬の気持ちは当人いや当犬にいつかこっそり聞いてみたいが、そう断定するあたりに作者の心情が映っているように読める。見る人によっては単に汚いだけのこの雰囲気、それを「得も言われぬ」と感じとるのは、さすが詩人のセンスである。

『浅草悲歌《エレジー》』でも、犬に淋しい雰囲気を感じとる。場所は浅草に移るが、「観音様の仮普請の建物が木の匂いを漂わせている」とあり、「犬が一匹影のように通った」と続き、ここでも、夜の犬に孤独なイメージを描きとるのだ。

犬ではないが、「夜、十二時の浅草はしめったオブラートより寂しい」という比喩をとおして、土地の表情を感情的に描き出す箇所もある。浅草の夜の匂いを点描する一節で、「安い食物の匂いと女の汗の匂いと」あたりまでなら誰でも思いつきそうだが、そこから「一日のつとめを終えて眠るほこりの匂い」へと展開して意表をつく。また、夜の映画館は肌着の匂いがすると書くところでも、それを「あまずっぱくて、アンズに似ている」と具象化する。さらに、この土地で長く暮らしていると、こういう匂いで夜になったことがわかると、時間の経過を視覚的にでなく嗅覚的にとらえるのも、やはり、詩人独特の感覚なのかもしれない。

同じ作品で、恋をしている人間の、心ここにあらずというふわふわした状態を、「フワリフワリと風に押されて急いでいる南の姿はまるで、紙袋のようであった」と、思いがけない紙袋のイメージを導入した比喩で表現している。恋の渦中にある人間は魂が宙に浮いているとしばしば形容されるのを、具体的なイメージで形象化した表現なのだろう。その南と芳子の二人がものも言わずに、ガラスを揺する風の音にじっと耳を傾けているようすを描いたあと、恋している者どうしにとって、「沈黙の時ほど擽ったくも楽しいものはない」という珠玉のことばを記している。感情と感覚との交差する斬新なとらえ方で、ほとんど格言じみた表現である。経験があるつもりでいる多くの読者は、それぞれのあの頃を思い返し、感情的にも感覚的にもきっと納得して、おのずとほほえまれることだろう。

この詩人の『僕の東京地図』を散策してみよう。上野公園では、動物園に十八年いた雌のライオン「常夏」の死を知らせたあと、子供が二匹いてどちらもまだ乳飲み子だから「動物園に来たらやさしい言葉をかけてやって下さい」と書き添える。雑司が谷の箇所では、漱石や抱月の墓のある墓地を紹介し、最後に、「掌はおやじにお小遣いをねだるためにあるのではない。掌はよき人の肩をやさしく撫でるためにある」という詩を書いて心中した弟の墓もそこにあることにふれ、その墓標に「さとうひさし」と書いてあるから、もしも通りかかるような折には帽子をとってくれと読者に声をかける。その直後、この詩人はなぜか、ふっと淋しくなったのだろう、「まずい字だ。僕の字だ」と一瞬おどけてみせる。佃島では、漁師町の「磯臭い匂い」に懐かしさを覚え、自分は「アセチリンガスの匂いを嗅ぐとおふくろを思い出すタチ」だが、この磯の匂いも「おばさん位は思い出す匂いだ」と、読む者の心にしっとりとしたおかしみを一しずく垂らすのだ。

『青春五人男』に、その本家のほうの「おふくろの匂いとアセチリンガスの匂いとは同じだぞ」という表現が出てくる。ともに嗅覚的な現象ではあるが、匂い自体の類似というより、両者はきっと郷愁を通じて結びつくのだろう。昔、まだ小さな子供のころに母親に連れられて行った祭りの夜店の燈火の匂いが懐かしく思い出されたのかもしれない。その直後に、「子供の顔の匂いと、陽にあたッた畳の匂いは同じだな」という表現が現れて、読者ははっとする。ゲームに熱中し一日中うつむいて暮らす現代病に感染する前の、昔の子供たちは、外でさんさんと陽光の降り注ぐ下を走りまわって遊んでいたからだろうか。読者にはそういう感覚的な発見がまぶしく、どこかくすぐったい小さな感動が揺れる。

その少しあとに、「おしめのチンレツが陽をさえぎッているせいか」、「何となく、どんよりした長屋」がお目見えする。その通称「たそがれ長屋」の代表者だけあって、婆さんは歯が抜け落ち、「人生のたそがれという顔」で、「なまじ一本残っている歯が、墓石みたいな感じだ」という。人間の歯から墓石を連想するこういう見方には、ある種のすごみさえ感じられる。また、しばらく先には、「金のない日の時計の音は、チクリチクリと歩みがおそい」という表現が出る。物理的にそんなはずはないが、人間には心理的な時間というものがある。愉快に過ごす時間はあっという間に経過するのに、金が無くて遊びにも行けずに退屈していると、なかなか日が暮れないような気がする。そんな馬鹿なと思いながらも、そういう経験上、時間の経過するスピード感は、たしかに財布の中身の重さ次第で違ってくるように感じられ、読者も笑って納得するほかはない。

同じ作品に「煮しめた柔道着と壁に、たそがれが、いつのまにか這いまわッていた」というふうに、「たそがれ」という時間的な存在に「這う」という動物的な動きをさせる例も出てくる。「頭をかいた手に、夕方近い冬の陽が寂しそうにゆれていた」という箇所も、「冬の陽」に感情移入して、「寂しそう」と擬人化した例だ。『青春音頭』に現れる「雄二君の寝息が、道子さんの言い知れない寂しさと一緒に部屋いっぱいにひろがった」とある表現も類例だろう。「寝息」という聴覚的な事実が、「寂しさ」という心理的な実在と融合する奇妙な描写で、くすぐりながら、読む人間の心の内側に分け入ってくる。

このような詩人の感性の横溢する、はっとするような感覚描写や、結果としての心情描写の例を、若干の詩をふくめて、他の作品からも少し、ぜひとも追加しておきたい。

『長屋大福帳』では、「春日遅々としてという春の陽が、空の上で、のんびりと照っている」と気分的に述べたあと、その下で大工が鉋をかけている情景を「かんなが、板の上に、とまッていた春風を、二けずり、三けずり、まるめて、落とした」と描きとる。春らしいのどかな光景を詩的な感覚でとらえた表現で、はっと息を飲む。

「笑い声が、蛇口のかげろうを、誘って青い空へのぼった」という表現でも、「笑い声」という聴覚的な存在と、「かげろう」という視覚的な現象との共感覚的な交差が現れ、そこに「誘う」という擬人的なタッチもからむ。「あぶらの乗らない秋刀魚の匂いがする」と書き、「秋刀魚甘いかしょっぱいかなんて寝言は言わない」と添えるのは、佐藤春夫の詩『秋刀魚の歌』を下敷きに、「にがいか」を「甘いか」に置き換えた本歌取りだ。そこに「日本の夕餉というものは、何かなしけむたいものである」と、雰囲気をも含めて「けむたい」と感覚的にとらえてみせる。

『露地裏善根帳』には、「冬の陽は、凧揚げの子供達を平等に、やさしくあたためている」という一文がある。凧揚げだから広い空地で建物の影などが気にならないのだろう。そういうごくあたりまえのことを、あえて「平等に」と言語化して冬の陽光を擬人化し、風景をいっそうやさしく見せる。「人一倍にぎやかだった助さん」がいなくなると、「ぬぐえどもぬぐえども、なおせまりくるさみしさ」と茶化す感じで強調し、「いればうるさいが、いなくなるとものたりなさは倍増するものだ」と解説する。「よろこびはすぐ消えるけど、さびしさはなかなか消えない」という、さながら格言じみた一文など、そういう状況を得て、ひとしお胸に迫る。

鉋で春風を削ったこの詩人は、バリカンで春の朝を刈りとるのもお手のもの、この作品でそんな光景が展開する。バリカン工場に勤めていた爺さんの寄附したバリカンで、長屋の連中がたがいに素人床屋を始めたのだ。「横町におもいおもいの椅子をならべて、春の朝風に吹かれて髪をつむ」風景は、想像するだけでも実にほほえましい。器用に生まれついた伝さんが刈ると、「バリカンの音も小刻みに、春の朝をなごやかに、つんで行く」とある。「桜の花が、どこからか散って来て、刈られている四人の肩にとまったり、バリカンの柄についたりする」のどかな景色を眺めながら、ハチローは「春はどんな長屋へもやってくるのが、これだけでもわかる」と書いている。ちょいとした「ちいさい春みつけた」という詩人の喜びなのだ。

随筆『センチメンタル・スタンド』に、こんな話が載っている。野球部がないという理由で府立一中を捨てて早稲田中学に入り、遊撃手として花の早慶戦に出場する夢を抱いていた野球少年は、大学野球の観戦中に心を動かされるポイントが二つあったらしい。一つは、走者が砂煙をあげて二塁に滑り込み、セーフになって立ち上がり、ユニフォームの泥を手で払う、その一瞬前。もう一つは、「フレーフレー誰それと選手の名を呼んで、応援団が、しずまった時」。この詩人はそこにセンチメントを感じ、「何かホロリとする」という。野球を観戦中にそんな感情など抱いたことのない読者も、いつか頭にしみこんで、やがてそういう目でそれぞれのシーンを見つめるようになるかもしれない。

『タルタルパウダーと氷』という小品では、ある女子の背泳のフォームがすばらしいと、「高すぎる鼻を心もち左りへ左りへとふりながら、胸に空をのせて泳いで行く形はほれぼれするほどである」と絶讃している。「胸に空をのせて」という発想など、読者にはいささかくすぐったい。つい詩のかけらを感じてしまうのだ。

『夢多き街』に「よじれる九月」という詩があり、「また来年ね」「きっとよ」と約束して別れるお嬢さんに、「あなたは今年の雲が　来年も同じ形で　沖の空に浮かぶと思っておいでなのですか？」と呼びかける。人生はどの一瞬も一度きりの特別の時間である、というあたりまえのことに気づき、お嬢さんとともに読者もはっとする。

『その頃の宵　この頃の夕』に、一年に満たない短い間だが「芸者屋をしていたことがある」と述べ、「長火鉢に簞笥、神棚、御神燈」があるのに不思議はないが、一つよけいなものがあったとしてピアノを挙げ、「ピアノのある芸者屋なんて、変な家はおそらく日本中に一軒もなかったろう」と自慢げに語っている。いかにもイメージがそぐわず、考えるだにおかしいが、どうも実話らしく、背景を知ればいささか陰翳が濃く感じられる。こうしておどけながらもハチローは、姉にきびしくピアノを弾かされた幼き日を懐かしみ、音楽の道を目ざしながら早世して夢の散ったその姉の無念を嚙みしめていたかもしれない。

とはいえ、詩人のヒューマーはやはり、人の心のひだにしみこんでいる感情を透かし見る繊細な感性にあるのだろう。詩集『おかあさん』中の『悲しい時には』では母親をこう描く。「悲しい時には　台所で玉ネギを切って　ごまかした人」、「うれしい時には　庭に出て　体操をして　ごまかした人」として、その人柄の一面を活写した。

『美しきためいき』では、そのタイトルもはっとさせるが、やはり母親の気持ちを思いやることばが読者の心にしみる。「わが家の庭の　鯉のぼり　むかしとおなじに　およぎます——　ボクが大きく　なったのが　ちょっぴりさびしい　母でした」というのだ。どこの親も、わが子の健やかな成長を祈って大事に育てる。そうして、大きくなってゆく姿に気づいては目を細める。そういう素直な喜びの奥にひそむ微かな陰翳にふと気づくことがある。子供が成長するのを心から喜びながら、それにつれてわが子が次第に手のかからなくなるのを、何か物足りなく思い、もう一度小さくなってくれないかしらと、いくぶん寂しく感じる気持ちがどうしても交じるのだ。そうして、その先、大人になって独り立ちしてゆくことを、これも本心で願いながら、いつかその日が現実となることを内心恐れているのも、偽らざる親の気持ちだろう。

鯉のぼりの季節感を背景に、微かに揺れ動くそういう矛盾した親心を描き出した詩境に、一読はっとし、くすぐったい思いをする。しかし、それが詩学の粋を究めた玄妙な味わいではなく、詩人の心からの率直なつぶやきにほかならないことに、読者はやがて気づく。人の気持ちの頼りなさ、人間というおかしな生きもの、思うに任せぬ人生のあや、そんなとりとめもないことをそれとなく考えながら、今度は腹の底からわけのわからないおかしみが湧いてくるかもしれない。

「白い雲　グリーンの丘　海老茶色の小路」といった「月並みな風景」の中に「母を置きたい」として、「これ以上　親不孝をしたくないから」と『コバルトの空』と題する詩を結びながら、ハチローけきっと涙ぐんでいたことだろう。

文学における上質のユーモア、「ヒューマー」という名の、その故知らぬおかしみを追いながら、以下、作家ごとにそれぞれの文学特有の不思議な笑いを紹介しよう。それが、このささやかな本の、ささやかな試みである。奥深いおかしみにひたる時間を満喫し、しばらく、その余韻とともに揺れながら、そっと目をつぶろう。

I 漱石一門

夏目漱石・寺田寅彦・内田百閒

1　心の底を叩いて見ると◆夏目漱石

そうそうあすこは実に名文だ

夏目漱石の『吾輩は猫である』で、インテリ猫である「吾輩」のふりまわす理屈や考え方に作者漱石の影が透けて見えるのは自然だ。人間の登場人物としては、主人公の苦沙弥先生の人物像に、作者自身が投影されていることも世間の常識になっている。モデルの夏目金之助のほうがいい男だったらしく、この女難除けのあばたのせいでお前なんかで我慢しているんだよ、これさえなければ……と鏡子夫人の前で自慢したらしい。我慢なんかしなくても結構よとか何とか、夫人に切り返されたそうだ。ある日のそんな夫婦のやりとりもエピソードとして残っているという。作中の苦沙弥は少なからず戯画化されてはいようが、やはり胃弱に悩まされ、あばたを気にする英語教師であるという点を含めて、このモデル論議はけっして見当外れではない。

だが、もう一人、注目すべき人物として、美学者の迷亭があげられる。鏡子夫人が、うちに出入りしていた人の中にあんな人はいないと証言したらしいからだ。天が抜けたようなからりとした体質的ほら吹き、あのわれらが迷亭。もちろん「酩酊」の宛て字だ。苦沙弥とは正反対の楽天家で、周囲の思惑などおかまいなく、人を食った言動を平気でくりひろげる。いささか軽薄すぎてはた迷惑ながら、どこか愛すべき人物である。

読んでいてすっかりのめりこみ、とても他人とは思えぬ親近感を抱いたばっかりに、うっかりはめを外したこともある。ある晴れた春の一日、だしぬけに恩師の波多野完治先生から音羽句会に来いという電話がとびこんだ。「ふるさとの酒に障子の春めきて」とか、「女房のひたひまばゆき朝寝かな」とかと、苦しまぎれに出まかせの駄句をしぼり出しては、ひらりひらりと体をかわしたまではよかったが、そこに作者の俳号を添えるようにとの指示。そんなことは知らないから、何の用意もない。とっさにあこがれの迷亭先生を思いだした。そこで自分の名と一字入れ換えて、何食わぬ顔で「明亭」と署名した。

これは冷や汗ものの春の椿事にすぎないが、本家の漱石先生も、できれば実生活で、あの迷亭のように、時には奔放にふるまいたかったのではないか。とすれば、現実には果たせなかった夢を、作中で演じてみせたことになる。その意味で、美学者迷亭のモデルもまた作者自身だと考えることができるだろう。自由奔放な迷亭が、そうありたかった漱石の一面であったことは容易に想像できるからである。

その迷亭が、ある文学者の集まりで、ハリソンのあの作品などは「歴史小説の中で白眉」とも言える出来で、ことに女主人公が死ぬあたりは鬼気人を襲うばかりだと弁じたところ、向かい合って坐っていた先生が「そうそうあすこは実に名文だ」と応じたらしい。まさかそんな席でからかわれるとは思ってもみないから、当人としては軽くあいづちを打ったつもりだったのだろう。イギリスの実証哲学を専門とするフレデリック・ハリソンという人物が実在し、当人が歴史小説を執筆したのもどうやら事実らしいから、これは根も葉もない話ではない。ただ、その作品に女主人公の死ぬ場面はないらしく、そこが引っ掛けだ。

それにまんまと引っかかって、あたかも自分もその場面に感動したかのように話を合わせたから、迷亭は相手が実はその小説を読んでいないことに気づく。一般に教師というものは知識のないことをさらけ出すのを極度に恐れ、なかなか「知らない」ということばを発しない。知らないことを質問されても、立場上いいかげんなことを言ってでも適当にごまかす習慣がついている。たしかにそういう傾向はあるだろうし、この作品にも、教師だけにごまかすのがうまいといった皮肉が出てくる。さすが教員経験のある作者のことばだけに実に説得力があり、自分自身の教員時代を振り返ってみても身につまされる。

迷亭の犠牲になったこの相手も、これまでに一度も知らないと言ったことのない先生と紹介されるから、きっとそうやって世の中を渡ってきた誇り高き学者なのだろう。知らないことをごまかそうとする傾向は、学問の世界に限らず世間一般に広く見られる。ここで諷刺の対象となっているのは、ある個人ではなく、いわばそういう人間らしさなのである。

だからこそ注目したいのは、この先生、さてはあの小説を読んでいないな、と見破る際に、迷亭が「僕同様」ということばを差し挟んだことだ。相手の欠点をあげつらいながら、他人の欠点を暴き、偉そうに言う自分だって、けっして自慢できたものではなく、五十歩百歩にすぎない。そんな本音をちらりともらす、迷亭なりのぬくもりを感じさせるフォローなのかもしれない。

それにしても天衣無縫の迷亭先生、相手にもしもその時、どんな名文でしたかねえとか、あいにくまだ読んでいないんだけど、どういうストーリーの小説なんですかとか、そんなふうに正直に応じられたら、そのあといったい話をどう運ぶつもりだったのか知らん？　今になって何だか妙に気になる。

トチメンボーを二人前

迷亭先生、いつかはという夢を過去に見立てて、あたかも洋行帰りのようにふるまう。フランスやイギリスと違って日本の西洋料理はきまりきったものしかないなどとこぼしながら、越智東風《おちとうふう》を誘ってレストランに入った。少しは変わったものを食いたいものだが、なめくじや蛙を使った料理などはどうせ無理だろうから、トチメンボーぐらいで我慢するかと連れの表情をうかがう。何も知らない東風がわけもわからずあいづちを打つと、迷亭が何食わぬ顔で、それを二人前注文した。

聞いたことのない名前だから、ボーイがメンチボーですかと聞き返す。挽き肉などを団子状にして油で揚げたいわゆるメンチのことかと思ったのだ。和製英語のメンチボールと発音がいくらか似ているからだろう。そもそも本場の欧州にもトチメンボーなどという料理は存在しない。当時、安藤橡面坊《とちめんぼう》という俳人がいたそうで、漱石はその俳号を借用し、迷亭にとぼけて外国語の調子で発音させ、もっともらしい料理の名に思わせたのだろう。

なお、栃の実の粉をこねてのばすのに用いる道具を栃麺棒《とちめんぼう》と言う。その麺は粘りけがないので固まりやすく、急いでのばす必要から、棒の使い方がどうしてもあわただしい感じになる。そこから、慌てるようすや慌て者を俗にトチメンボーと呼ぶようになったらしい。橡面坊という俳号自体がその宛て字であった可能性も少なくないし、ここも相手をからかう場面だから、作者漱石にも当然そういう慌て者の連想が働き、それを迷亭に外国語ふうに発音させて、もっともらしく西洋料理の名前めかしたという可能性が高いだろう。

迷亭はそのボーイに向かって、メンチボーのようなありふれた料理ではなく、自分はどうしてもトチメンボーが食いたいのだと、とぼけた顔で主張し、あくまで譲らない。そんなあたりにもやんちゃな人柄が映っていて、いかにも迷亭らしい。

一方、店側の対応もむずかしい。トチメンボーというのはどんな料理かとまともに応じては、洋食専門店として無知をさらけ出すことになる。そういう料理を知ってはいるが扱っていないと応じる手もあるが、それだとメニューがちょっと貧弱な感じとなり、一流の店らしくなく、いささか肩身が狭い。そこで、知らないとも、出来ないとも言わずに、何とか切り抜けようとする。

まず、お誂《あつら》えなら調製するが時間がかかりすぎると言って断ろうとするが、迷亭は閑《ひま》だからいくらでも待つと応じる。仕方なく、あいにく近ごろは材料が払底していて、なかなか手に入らない、そのうち材料が入るようになったら、またのお出でをと、苦しまぎれにいいかげんな嘘を言って、厄介な客を退散させようとする。すると迷亭先生、相手が答えられないのを見越して、材料は何を使うのかと食い下がる。ボーイは答えに窮し、笑ってばかりで返事をしない。

こうして、いったいトチメンボーという料理がこの世に存在するのかどうかさえうやむやのまま、ほとんど情報価値のない形式だけのやりとりがしばらく続く。相手の言うことがわからなくても、自分の体面を気にして問い返すようなまねはしない。人間というものにありがちなそういう愚かな言動を楽しみながら、読者は自分も笑っている場合ではないという気持ちに誘われる。

この趣向は落語の「転失気《てんしき》」とよく似ている。和尚を診察した医者が帰り際に「時にテンシキはありますかな」と尋ねる。病人はテンシキなることばの意味がわからないが、自分の無知をさらけ出すようで質問しにくく、苦しまぎれに、それはないこともありませんがと曖昧な答えで適当にごまかす。その場はしのいだものの、医者の質問だから、何だか気になる。そこで小坊主に、わしが教えてやってもいいのだが、自分で苦労をして調べないと身につかないからとうまいことを言って、テンシキの意味を調べさせる。こんなあたりにも、厳しい修行を積んだはずの和尚といえども、そこはやはり人間だなあと思わせるおかしみがある。

小坊主は仕方なく自分で近所の店屋を聞いてまわる。どこの家でもその耳慣れないことばを知らないとはけっして言わず、いいかげんにごまかす。前は店にあったのだが、あいにく今は切らしているとか、棚に載せておいたのを、この間、鼠が落として割ってしまったとか、口から出まかせのことを言って、みんな厄介払いにする。結局、その医者の所に行って、それが「おなら」をさす遠まわしの表現だと教えてもらう。屁が品切れだったり棚から落ちて割れたりするわけはない。世間の人はみな、そんなでたらめな応答をしてでも、知らないとは言いたくないのだ。体面にとらわれる人間らしさを戯画化した噺《はなし》で、根っからの落語好きの漱石、ひょっとするとこのあたりからヒントを得たのかもしれない。

どこか悲しい音がする

この長編の末尾近くで、世の中にとって、目に見えては何の役にも立っていない、あの太平の逸民たちが苦沙弥先生の家に集まって、例によって無駄な時間を過ごしているシーンが長々と続く。苦沙弥のほか、御存知迷亭先生はもちろん、寺田寅彦がモデルとされる水島寒月、八木独仙、越智東風といったお馴染みの連中に、その日は途中から多々良三平も加わって、いつ果てるともない雑談が何時間も続いている。

寒月がヴァイオリンを手に入れるまでのとてつもない長談義や、郷里で色の黒い女と結婚したという話から、迷亭がたばこを切らして他人のを盗んだ話、生きているのは嫌だが、死ぬのはもっと嫌だと言う苦沙弥が、いずれは国民がみな神経衰弱になって、独創的な方法の考案を競ってこの世を去るような時代が来るため、学校で倫理の代わりに自殺学を正課として授けるようになるなどと、さすがの迷亭も感心するほどの迷論を展開するなど、おしゃべりはきりがない。どれもおよそ建設的な意見からは程遠い。そんな破天荒な弁舌だから楽しく、時間の経つのを忘れるのだろう。

気がつくと、すでに秋の日は暮れて、火鉢の中は巻き煙草の吸殻だらけになっている。閑な連中もようやく興が尽きたらしく、一人、二人と帰って行く。語り手の猫は、その雰囲気をしっとりと、「寄席がはねたあとの様に座敷は淋しくなった」と描いた。「祭りのあと」でも「芝居のはねたあと」でもいいのだが、まるで漱石が感じたような比喩で猫が表現しているのがおかしい。笑い声の絶えなかったあとだけに、よけい淋しく感じられるのだろう。山のようになった煙草の残骸を眺めながら、猫にとっても連中の笑い声がいつまでも耳に残るのかもしれない。

そうして、「呑気と見える人々も、心の底を叩いて見ると、どこか悲しい音がする」と感懐を述べるのだ。およそ世の中のために具体的に役立つようなことは何ひとつやっているようにはとても思えないこの閑人たちが、愚にもつかないおしゃべりで無駄に費やした長い時間。凡人たちの、いや人間というものの一生は、いつの世もこんなふうに流れ、やがて消えてしまうのだろう。

ぼんやりとそんなことを考える読者の耳にも、連中の屈託のない笑い声が消え残り、その残響の奥に、心の底のかすかな「悲しい音」を聞く思いがする。物悲しいはずの読後感に、どこか、うっすらと、おかしみに似た感情がにじむのは、どういうわけか知らん？

自分も死ぬとは……

『琴のそら音』に、雨の降り出した夜、往来で何やら「白い者」とすれ違う場面が出てくる。近くでよく見ると、蜜柑箱のような物に白い布を掛けて棒を通し、黒い着物の男が二人それを前後で担いで行く。葬式か焼き場に向かうところらしい。おそらく箱の中は乳呑児なのだろう。闇に消えるその棺桶を見送ると、後ろから「昨日生れて今日死ぬ奴もあるし」「寿命だから仕方がない」という人声が響く。

昨日生まれて今日死ぬ者さえあるなら、昨日病気に罹《かか》って今日死ぬこともも当然あるはずだ。それがきっかけで、日ごろは思ってもみない死というものについて考える。学校にいた時分は「試験とベースボール」で頭がいっぱいだったし、卒業後も「ペンとインキ」と「月給の足らないのと婆さんの苦情」で、そんなことを考える暇がなかった。

それはもちろん、いくら呑気な自分でも、人間というものはいつか死ぬ存在であることぐらいは以前から頭にあった。しかし、それは一般論であり、まさか自分のことだとは思わない。ここにも、「実際余も死ぬものだと感じたのは今夜が生れて以来始めてである」と、さも驚いたように書いてある。

おそらくそれが本音だったろう。生きものである以上、人間というものもいずれは死ぬということぐらい、誰でも頭ではわかっている。だが、通常、それを自分のこととしては考えない。考えたくないから、考えようとしないのかもしれない。いかにつじつまが合わなくても、たいていの人間は自分のこととして考えることはめったにない。それが現実である。

これは筋が通らない。たしかに非論理的で、人間としての愚かさを意味するにちがいない。が、多くの人はそんなふうに生きている。それが何かのきっかけで、その盲点に気づき、自分も人間であったことにはっとする。人間はそんな笑うべき存在なのかもしれない。

立派に死んでみせる

『坑夫』に、死ぬのに見栄を張るくだりがある。若いころ、さほど深刻な気持ちではなく、自殺の方法をいろいろ考えてみたことがあるという。ともかくどうせ死ぬなら華々しくというのが基本的な考え方だったらしい。「立派に死んでみせる」というのも、この場合は、未練を見せずに潔くといった意味合いではない。ここで「立派に」と考えたのは、「人が賞めてくれるように」という意味であり、そんなふうに派手な死に方を頭に描いていたようだ。

短銃すなわちピストルでも、九寸五分すなわち匕首《あいくち》でも、人に賞めてもらえれば手段は選ばないが、できれば日光の華厳《けごん》の滝あたりに飛び込んで派手な投身自殺を企てたいと思っていた。だから、「便所や物置で首を縊《くく》るのは下等だ」と、それだけは避けたかったらしい。どんな場所でどのような死に方をするのが晴れがましく、汚い場所で死ぬのはみじめ、同じ自殺にも高級なのと低級なのがあると考えていたことになる。

これはつまり、死ぬ時にまで見栄を張りたがることを意味する。まことに馬鹿馬鹿しいこだわりようだが、自分のこととして考えると、それはそれでわからないこともない。それが人間というものであり、きわめて人間的な愚かさだと、読んでいてしみじみとおかしくなる。

講義は神秘的

『三四郎』に、富士山を翻訳する話が出てくる。三四郎が広田先生にそんな質問をされる場面だ。要するに、「崇高だとか、偉大だとか、雄壮だとか」、自然を翻訳すると、みんな人間に化けてしまうというのだ。これは山に対する形容が、人間を評する語と同様だという発見で、そういえば、そうだなと思う知的なおかしみだ。

三四郎が五時からの講義を聴くために教室に入ると、まだ電燈の点かない薄暗い時間で、講師の顔も聴講する学生の顔もぼんやりと見える。そのようすを形容するのに「暗闇で饅頭を食う様」という比喩表現を用い、そのあとに「何となく神秘的である」と、三四郎が瞬間的に受けた感じを述べている。

そうして、「講義が解らない所が妙だ」と続け、周囲がぼんやりと見える、この雰囲気は神秘的で悪くないと感じるだけでなく、耳に入ってくる講義内容もぼんやりとしていて、頭ではっきりととらえられないことを、むしろいい印象を受けると続けるのだ。

『吾輩は猫である』でも、猫の吾輩が主人にあたる苦沙弥先生について、「何に寄らずわからぬものを難有《ありがた》がる癖を有して居る」と評している。それだけではない。さらに、学者はわかったことをわざわざかりにくく説明するし、大学の講義でもわからないことをしゃべる教師のほうが評判がよく、わかることを講じる者は人望がないとまで述べるのだ。

たしかに、これは一面の真理だろう。講義に限らず、書物などでも、平易で明快な文章より、難解で晦渋な文章のほうが奥深い内容が含まれているように思い込み、それだけでつい高級な本だと錯覚してしまう。はっきりとわからないからこそ、ひょっとするとそこには気高い内容が隠れているかもしれないと考えやすいのだ。わからないものほど神秘に見え、むやみにありがたがるという傾向は、見栄を捨てきれない人間というものに広く見られる現象だろう。

作中にこのような見解がくりかえし現れるとなると、そこに作者の漱石自身の実感がこもっているようなな、少なくともあるこだわりが感じられる。『三四郎』ではそのあと、薄ぼんやりした部屋で、頬づえをつきながらじっと聴いているうちに、神経の働きが次第に鈍くなって、何だか気が遠くなるような雰囲気を感じることを記したあと、「これでこそ講義の価値がある様な心持がする」と展開する。読者も実際、妙にそんな気がするから、滑稽である。

そういう雰囲気に浸っていると、やがて電燈がともる。とたんに明るくなって万事が明瞭になる。そうなると、薄暗がりのなかで勝手に想像していた神秘的な魅力が消え失せ、三四郎は急に下宿に帰って飯が食いたくなる。教師もそういう学生の気持ちを察して、授業を早めに切り上げてくれる。もちろん誇張はあるにしろ、人間の気持ちの機微と、往年の大学の雰囲気を何がしか伝えていることは否定しがたい。

亡くなった子には勝てない

『彼岸過迄』に、「電車の音のする所で月を看るのは何だか可笑《おか》しい」と評する箇所がある。アポロで人類が月面着陸する時代になっても、お月見という行事には、その伝統にふさわしい雰囲気が欠かせない。電車の音が聞こえると、月を愛でる気分が損なわれ、月見酒の味がたしかに落ちる感じがする。理屈を超えた人間の一方的な感覚なのだろう。

同じ小説に、女の子が急死する場面が出てくる。棺の上に花が置いてあり、赤い花がまじっている。小さい子供だから、白い花だけではいかにも淋しいと思って、赤いのを交ぜたのだという。このような場合の作法に適《かな》おうと適うまいと、そうやってせめて彩りを添えようと思うのが人情だろう。

その通夜の折、長々とお経を読む僧の前に、菓子とお布施を並べて、途中で切り上げてもらう。亡くなった宵子だって、お経なんか聴くの嫌いだろうからというのだ。これも科学的にも論理的にも筋が通るわけではないが、親の気持ちは読者にも痛いほどわかる。

そして、骨揚げになる。形を成さない焼け残りの中に、ふっくらとした宵子の頭蓋骨が、生きていた時そのままの姿で残っているのを見て、堪えきれない悲しみに襲われる。理屈では、姿をとどめないまでに崩れていたほうが無残な感じがさらに強くなりそうなものだが、生きているその子の姿が偲《しの》ばれるだけに、喪った者としてはよけいつらいのだろう。それもまた人情だ。理屈ではない。

ほかにも子供はまだたくさんいるものの、一人欠けても取り返しのつかない喪失感に襲われる。また、生きている間はそんなことを思ってもみないのに、先立たれてみると急に惜しくなる。どちらもそれが人間というものの本音だろう。

そして、「叔母さん又奮発して、宵子さんと瓜二つの様な子を拵《こしら》えて頂戴。可愛がって上げるから」などと、周囲が冗談まじりに励ましても、母親は「宵子と同じ子じゃ不可《いけ》ないでしょう、宵子でなくっちゃ」とずばりと言い放つ。まさにそのとおりで、返すことばを失う。たしかに人間は、茶碗や帽子と違って、その代わりなどあり得ないのだ。亡くした悲しみは、そんなことで消えはしない。ここもまた理屈ではないのである。

つむじ曲がりの正義感

晩年にわが人生を振り返る随筆『硝子戸の中《うち》』に、生きているのがそんなに苦痛なら死んだらいい、というきわめて論理的なことばが、どうしても言えない場面がある。せっかく安らかに眠りに就こうとする病人に、「わざと注射の針を立てて、患者の苦痛を一刻でも延ばす工夫を凝らす」、そんな「拷問に近い所作が、人間の徳義として許されている」のを見ても、人間がいかに生に執着しているかがわかると展開する。

柔軟性をそなえた読者は、はっとする。屁理屈ではなく、一面の真理かもしれないと思うからだ。生命というものに最高の価値を置く倫理観に立つかぎり、この理屈は通らない。しかし、そういう縛りを取り払って、当人の苦楽という尺度から測り直せば、たしかにこういう見方も成り立つ。日ごろ思ってもみない、このしなやかな思考に思わず微笑がこぼれる。

これだけではない。漱石には世間一般の考え方と対立する独特の倫理観がさまざま見られる。これなど、まだわかりやすい例だろう。素直な読者にはもっとひねくれて見える例も少なくない。〝つむじ曲がりの正義感〟とでも呼んでおこうか。つむじ曲がりではあっても、やはり一つの正義感なのだ。

同じ作品に出てくる講演料の話も、その一例と言えるだろう。大正三年の十一月二十五日に学習院で、漱石は「私の個人主義」と題する講演を行った。すると、薄謝と書いた紙包みが届き、中に五円札が二枚入っていたらしい。結果として自分で使ってしまい、それなりに役には立ったものの、懇意にしている芸術家が金に困っていたので、その人に贈ろうかと一時は考えたほどで、あまり有難みのある金とは思わなかったという。率直に言えば、そんな金は受け取るより受け取らないほうがずっと「颯爽《さっぱり》」しているように感じたようだ。

漱石自身としてはこういう理屈だったらしい。講演の際に自分は労力を売りに行ったのではなく、あくまで好意で依頼に応じたのだから、先方も代金などではなくその好意だけで酬いてくれたほうが気持ちがよかったし、もし報酬として渡すつもりなら、最初から謝礼はこの金額でどうかと相談すべきだったのではないか、というのである。

自分は原稿料で暮らしている身だから、裕福というわけにはいかないが、それだけの金でどうにかなっている。だから、職業以外のことでは、なるべく好意として人の役に立ちたいと思っている。そういう自分の好意が相手に通じることが、自分にとって何よりの報酬なのだ。そのため、こういうことで金銭を受け取ってしまうと、せっかくの善意が不純になり、そういうすっきりとした喜びが奪われてしまう。おおよそそんな論理のようだ。それなりに筋が通っているようにも見える。

ところが、そのあと、もしも岩崎や三井という大富豪に講演を頼んだ場合、あとから十円の謝礼をはたして持って行くだろうか、かえって失礼だからと思って挨拶だけにとどめるのではないか、というふうに勝手にきめてつけて弁ずるあたりは、いささか勇み足の気味があるように思う。ひょっとすると、お前さんの家庭ではこんな金額でも何かの足しになるだろうと、憐れみをかけられたように感じて、みじめな気分になったとも考えられないこともない。よけいな勘ぐりかもしれないが、そんな僻《ひが》みもどこかにあるように思えるからだ。もしも、そういう気持ちがどこかで働いたとすれば、最も大切にしている人間の誇りにかかわる問題であって、すっかり傷ついた漱石がこんなふうに腹を立てるのも無理はないような気がする。

しかし一方、話を聞いていたK君が見かねて口を挟むとおり、先方は労力を金で買ったという意識などまったくなく、率直な感謝の気持ちをそういう形で示しただけかもしれない。最初から金額を示してこの条件でどうかと持ちかける形の交渉は、当時の日本社会ではぶしつけな感じがあり、伝統的になじまない。講演が済んでから受け取り、はじめて予想よりずっと少ない実情を知って驚くケースのほうが、現代でさえ多いような気がする。ましてや当時は、それが常識だったのではあるまいか。

いずれにしろ、そのK君の主張どおり、善意に解釈したほうがお互いに気分がいい。一方的な解釈にこだわって、それをあくまで押し通すのは、ちょっと大人気ない気もする。先方には軽んじる気持ちなどなく、純粋に心からの謝意を表したにすぎない、そう考えるのが素直だろう。このような穿《うが》ち過ぎは、相手の善意をはねつける結果になってしまう。いささか狭量に過ぎるような気もして、国民に敬愛される作家、あの人格者漱石先生ともあろうものがと思わないでもない。K君は、よく考えてみましょうと、にやにや笑いながら帰って行く。それは読者の思いでもあるだろう。どこかすっきりとしない、そんな読後感も拭い去れない。

それでは、小学生時分の話という、常識破りのこんな行為はどうだろう。そのころ仲のよかった友達から、太田南畝《なんぽ》の自筆の本を五十銭で買ってくれないかと言われる。あの有名な蜀山人のことだと説明を受けても、子供だけにどちらの名前も知らなかったが、ともかく値切ってみようと、その半分でなら買ってもいいと言って、貴重らしい本を二十五銭で安く買ったことに満足して寝たという。

ところが、翌日になってその友達が現れ、おやじに知れて、本を返してもらって来い、二十五銭じゃ安すぎる、と言われたという。それを聞いて、安く買ったという満足感の裏にぼんやりと潜んでいた「不善の行為から起る不快」を自覚したらしい。不当に安く買ったという自分のずるさを意識し、苦い顔をしてしばらく沈黙した後、「じゃ返そう」と言う。

当然のこととして、友達は代金の二十五銭を差し出した。だが、それを受け取ろうとしない。いったん買った以上、本はもう自分のものだ、相手が困ってそれが欲しいと言うから、それなら遣ろう、遣るんだから金を受け取るいわれがない。そんな理屈で、あくまで突っぱね、結局、小遣いの二十五銭を意味もなくなくしてしまう。

世間では通らない理屈だろうし、そんな馬鹿なまねをする人間は現実にいないだろう。しかし、気分としてはわからないでもない。代金を受け取って本を返すことは、せっかく得をした買物を取り消しにして、なかったことにする行為である。換言すれば、成功を無に帰することだ。代金を受け取らない以上は、購入して獲得した本の所有権を手放したことにならず、自分の好意によって相手に与えたことになる。そう思って優越した気分にひたることができる。その満喫料が二十五銭だと考えれば収支はきちんと合う。読者としてそう考えて納得することもできよう。だが、漱石はそういう計算を最も嫌う人間だったはずではなかったか。

とはいえ、子供としては信じられないほどの毅然とした筋論ではある。何ら生産的ではないし、あまり現実的とも思えないが、筋金入りのつむじ曲がりなら、あくまで意地を通して、この程度の損は平気でするような気がする。損得を超えて、どうしても守りたい感情というものもある。幼く愚かなふるまいであろうとも、拘泥せずにはいられない。そこがいかにも人間らしく、ほほえましい。

2　笑うから可笑しいのだ ◆ 寺田寅彦

花が咲かないでも

『花物語』の一編「芭蕉の花」は人生のひとこまとして、しみじみとおかしい。戸袋の前に広い葉を伸ばした芭蕉があって、今年、花が咲いた。大きな厚い花弁だが、完全に開ききらないうちに朽ちてしまうのか、生気が薄れ、蟻がたかっている。

眺めていると、突然、赤ん坊が目を覚まして泣き出し、妻が勝手から飛んで来る。あてがわれた牛乳の罎《びん》の乳首をくわえて、息もつかずにごくごく飲んだあと、涙でくしゃくしゃになった眼で、両親の顔を等分に眺めながらなお飲み続けている。

妻が、坊や、芭蕉の花が咲きましたよと、赤ん坊に話しかけ、芭蕉は花が咲くとそれっきり枯れてしまうって、ほんとう？　と今度は夫に話を向ける。夫は、そうだと答え、よせばいいのに、「人間は花が咲かないでも死んでしまう」と、よけいな一言をつぶやく。

元気のなくなった芭蕉の花を眺めていて、そんなことを考えていたのかもしれない。しかし、親子三人の幸福そうでほほえましい家庭の一景を、思いもかけない夫のそのことばがすっかり冷やしてしまい、一瞬しんみりとした空気が流れる。が、ぎくりとした妻が「マア」とあきれると、その口を真似て坊やも「マア」と言う。二人が思わずにこりと笑うと、つられて坊やも笑った。

こうして家庭の雰囲気は自然に癒される。そんなほのぼのとした光景を目にしても、ひとり取り残された読者は、ふと思うかもしれない。こんなふうに花も咲かずに散ってしまう人生がこの世にあまりに多いことを。なぜか、そんな気がしてならない。

先生が海老を残したら

昔、バレーボールの名セッターに憧れて、その歩き方から真似をしたという人の話を聞いたような気がする。その歩き癖が絶妙のトスワークと何か関係があろうがなかろうが、ともかくその憧れの名選手と同じようにふるまってみたいのだろう。そういう気持ちは何となくよくわかる。『夏目漱石先生の追憶』と題する寺田寅彦の随筆を読んで、日ごろは忘れているそんな噂をなぜか思い出した。

漱石が倫敦《ロンドン》から帰朝し、奥さんの実家である東京は新宿の矢来町に居を構えた中根家に仮寓していたころのことらしい。寅彦がその家に漱石を訪問し、鮨をご馳走になったという。寅彦自身はまったく無意識だったようだが、あとで聞くと、漱石が海苔巻きに箸をつけると、寅彦も海苔巻きを食い、漱石が卵を食うと寅彦も卵を取り上げ、漱石が海老を残すと、寅彦も海老を残すという徹底ぶりだったらしい。事実、漱石の死後に出てきたノートに「Tのすしの喰い方」という覚え書きがあったようだから、漱石も気づいていたことがわかる。寺田も寅彦も頭文字がTだから、まず間違いはあるまい。

何だ、あの高名な物理学者も、ただのミーハーにすぎず、今の追っかけ族と何も変わらないじゃないか。読者はそう早とちりするかもしれない。だが、寅彦は書いている。『吾輩は猫である』という小説を発表して、夏目漱石という名が一足飛びに有名になってしまったが、自分にとっての漱石先生はそんなことなどどうでもよい。先生が俳句がうまかろうがまずかろうが、英文学に通じていようがいまいが、まして先生が大文豪であろうがなかろうが、そんなことはどうでもよかったという。

むしろ先生が、いつまでも名もない学校の先生でいてくれたほうがよかったような気がする。そして、寅彦はなおも続ける、もしも先生が大家にならなかったら、少なくとももっと長生きをされたはずだと。そう思いながら、寅彦はきっと痛恨の念を嚙みしめているのだろう。何か、そんな思いが読者に伝わってくるような気がするのだ。

ペシミストの詩

『小さな出来事』という随筆があり、題名どおり、まさに小さな出来事を扱っている。庭の枯れかかった薔薇の枝に妙なものがぶら下がっているのを発見、よく見ると、作りかけの蜂の巣で、まだ親指の頭ぐらいだ。別の日の朝、のぞいてみると、蜂が巣の下側にとまって仕事をしている。その後も、のぞくたびに蜂が働いていて、巣も少しずつ大きくなっているようだ。こうなると、何だかかわいそうで、無残に破壊する気にならない。

そのうち仕事にまぎれて蜂の巣のことは忘れていたが、ある日ふと思い出してのぞいてみると、蜂の姿はなく、巣の工事もあれからほとんど進んだようには見えない。いったいどうしたのだろうと寅彦は想像をめぐらす。何かがあって蜂は死んでしまったのか、それとも、今はどこか遠いところを飛びまわっているのか。

ある日、友人にこの話をすると、場所が悪いから途中であきらめて、よそに移ったのだろうと簡単に言う。自分で選定した場所を捨て、よりよい環境へと移転するような能力が、はたして蜂にそなわっているかどうかは不明だが、事実はそんな単純なことだったのだろうか。もしそうなら、自分は、憐れな蜂に仕立てるために想像の中で殺し、その死をテーマに勝手に詩を作って、安直な感傷にひたっていただけのことかもしれない、と思い直す。

それでも寅彦は、自然の神秘をいとも事務的に運んで、せっかくの幻想を無造作に破ってしまった、そのオプティミストに対して、軽い不平を抱かずにいられなかったという。

追憶の美と苦み

『備忘録』と題する随筆に、雑記帳の最終ページを心覚えの過去帳とする習慣が出てくる。その頃に亡くなった人の名を書き留めておくのだろう。若い時の郷里の知人などは、多く現実の存在が消え、思い出の中に織り込まれている。淋しいが、時が経てば自然なことで、これは仕方がない。

そのうち、身近な者だけでも故人になった人が随分と増え、今では半分が年下なのに驚く。そういう人たちの思い出をいちいち書いておこうとすると、自叙伝に近くなり、書き終えるより前に、自分自身が誰かの過去帳の中に入ってしまいそうな気がする。

自分の過去帳に載せておきたいものの中には飼い猫も含まれる。そういう追憶の世界では家畜も口を利くし、心も通じて、人と何ら変わりがない。それに、死んだ人間の追憶にはその美しさの中に何かしらの苦みが混じることが多いが、家畜の思い出にはいささかも苦い後味が残っていない。それは彼らが生前にものを言わなかったからだと、寅彦は推測する。

『断片』でも、泥にはまって動けなくなったのを見ると、馬子より馬のほうがかわいそうに思うのは、馬は物を言わないからだと書いている。だが、苦みのほうは、はたしてどんなものか知らん？　そういえば、自分自身を振り返ってみても、今は亡き犬たちと口論したような記憶はたしかにない。

『藤棚の蔭から』に出てくる自殺者の心理も、考えてみれば不思議である。入水する人はきまって草履や下駄を脱いできちんとそろえてから身を投げる。噴火口に飛び込む人も、持ち物を下ろし、靴を脱ぎ、上着までとってから投身することが多いという。どうせ死ぬのだから、そんなことはどうでもいいように思うのに、なぜだろう、きっと深刻な理由があるにちがいない、と寅彦は考える。

「この世の羈絆《きはん》と濁穢《じょくえ》を脱ぎ捨てる」という気持ちもいくぶんかあるかもしれない。が、一方、「捨てようとして捨て切れない現世への未練」を、その遺物に繋《つな》ぎ留めようとする気持ちも働くような気もする。そして、新聞に出るような死に方を選ぶ人の心理は、履き物や上着を脱いで揃える気持ちの延長上にあるように思うのだ。

そうなると、やはり生きたいのであり、「生きるための最後の手段が死だ」という錯覚に陥っていることになると展開する。いかにも人間らしい矛盾である。

師弟が同じ病気に罹る確率

自身の入院中のことを書いた『病室の花』に、師弟間の浅からぬ因縁を、必死になって確率論で証明しようとするくだりが出る。「N先生」とあるのは文脈から「夏目先生」、すなわち寅彦の恩師にあたる漱石と考えて間違いない。

漱石の病が重態という知らせを受け、早稲田に駆けつけるが、面会は許されず、見舞いに持参したベゴニアの花の鉢を鏡子夫人に渡す。それを病床に運んで戻って来た夫人は、綺麗だなと言っていたと伝えた。間接的ながら、それが先生から受けた最後のことばとなったらしい。あとから考えると、その時分には、自身の胃もすでに出血が始まっていたはずだ。その日も胃が固く突っ張るようで苦しかったという。

それから間もなく寅彦自身も入院することになるのだが、師の漱石の命を奪ったのと同じく胃潰瘍《いかいよう》だった。そして、やはり見舞いにベゴニアの花をもらって、妙な気がする。「同じ季節に同じ病気をして同じベゴニアの花を枕もとに見る」ことになったからだ。

偶然とは思うものの、偶然の暗合と思われることでも、必ずしも偶然でなかったことがあとで判明することもある。漱石と自分との間に何かのつながりがあると思いたいのだろう、寅彦はそこで必然の因果という可能性を考えようとする。

先生と弟子との間になにがしかの共通点があるなら、それが精神的なものであろうと肉体的な影響を及ぼさないとも限らない。その反対に、別々の二人の人間の肉体的な共通点が精神面に作用し、その間に師弟関係を促すという因縁だって、まるっきり考えられないわけではない。とすれば、師弟が同じ病気に罹《かか》る確率は、まったく無縁の二人がそうなる確率より大きいかもしれない。病気が同じならば、時候の関係で同じ時期に悪くなることは、むしろありがちのことではないか。

こんなふうに、師の漱石と自分が縁の深いことを、何とかして導き出そうと無理をする科学者の姿は、いかにも人間くさく、読者には悲痛なほど滑稽に映るだろう。だが、敬愛する作家小沼丹が自分と誕生日が同じであることを知ってひどく喜び、没後になって妻どうしも同じ誕生日だったことがわかって感激し、家の敷地面積までまったく同じ坪数だとわかった折など、得も言われぬ気分を味わい、その上、通っていた中華料理の店や歯医者、それに洋服をあつらえたテーラーまで同じだと知って、そこに運命的なものを感じ、多くの相違点はすべて無視して、嬉しさのあまりやたらに話題にしたがるこの身として、寅彦のそういう気持ちは痛いほどよくわかる。好きで心から尊敬できる相手でなければ、誰もこんなふるまいには及ばない。人生でそんな相手に出逢えたからこそ、冷静であるはずの偉大な科学者でさえこんな乱暴な理論をふりまわす。人間味あふれるほのぼのとした愚かさのような気がしてならない。

人はなぜ泣くのだろう

『自由画稿』の中に「なぜ泣くか」という文章があって、さまざまな涙にふれている。感情とは無関係な涙も少なくない。喉の内側に棒状の物を突っ込まれると思わず涙が出てくるし、煙が眼にしみたり、山葵《わさび》の利き過ぎた鮨を食ったりしても、涙が出る。生理的な涙だ。玉ねぎを剝くときの涙も同様だろう。若いころは甲状腺の活動が活発で性的な面の感度が高まるが、それだけでなくあらゆる情緒的な刺激に敏感になるそうで、いわゆる感じやすい年頃には涙もろくなるという。そんな話を紹介しては、その反対の高齢の老婆がご馳走を食いながら鼻水とともに流す涙は神秘的だなどと話を盛り上げる。

悲しくない泣き方としては、逆にあまりの滑稽さに笑いこけるときに出る涙もあるが、笑うのと泣くのとはもともと紙一重だから、これは当然だという。眠かったり退屈したりして欠伸《あくび》をするときにも涙がよく出る。しかも欠伸をするときのその顔は、泣きわめくときの顔とよく似ているから、嘘だと思ったら鏡で確かめてみるとよいなどと関心をあおる。そこから、だから上手な芝居で名演技に感動するのも、下手な芝居に退屈して欠伸をするのも、生理的にはわずかの違いかもしれない、と発展するのがおかしい。

現実には、悔しくて涙が出る例が多いとも聞くが、典型的とされるのは悲しみの涙だろう。それについて寅彦はこんな例をあげている。医者の息子が交通事故に遭う。駆けつけた父親は瀕死のわが子を見ても一滴の涙もこぼすことなく、応急手当に全力を尽くす。その甲斐もなく数時間後に息を引き取るが、それでも涙を見せることがなかった。が、しばらくして母親から、その日の朝のその子のちょっとした行動を聞かされたときに、堪らず涙を流したという。

そのあとに、若くして妻を亡くした男のこんな告白が続く。その時は異常な緊張が走っただけで涙は出ず、親戚の婦人たちがこんなに泣けるのが不思議だったらしい。遺骸を葬って生々しい土饅頭の前にしつらえた祭壇の前で神官が祝詞をあげたときも、吹き荒れていた風が凪いで世の中が静寂に美しくなった感じがしたが、涙は出なかった。ところが、その輝く空の光の下に、無心の母なき子を抱いてうつむいている自身の姿を意識した瞬間に、思いもかけない熱い涙が湧きだしたという。

このような例から判断すると、単に悲しいからというより、異常で不快な緊張が持続したあとに、それが弛緩し始めるタイミングで、涙が流れるらしい。死んだものと諦めていた息子が無事に帰った時とか、妻を亡くしても涙ひとつ見せなかった男が、母のないわが子の無心な姿に気づいた瞬間とか、泣くのは緊張が緩和した折に起こりやすい。小さな子が道で転んでどこかをすりむいても、人が見ていないとめったに泣かないのに、それを見つけた母親がやさしくいたわると、とたんに泣き出すのも、それで説明がつく。

細かい仕組みはまだよくわかっていないところもあるが、どんな涙でも、「高圧釜の安全弁」のように、必要な瞬間に「涙腺の分泌物を噴出」して、何らかの危険を防ぐ働きをしているのではないかと、寅彦は涙の科学的意義を推し量る。

自画像の奥の先祖

自分自身を眺めてうっとりするのも、絵筆を執って自画像を描くのも、通常は鏡に向かっての容姿である。どんなに眼の飛び出た人間でも、自分を直接見るのは無理なので、実際に見ているのはほとんどが鏡に映った容姿だ。合わせ鏡をすれば実物に近づくが、その正面像をまともに見るのは無理がある。そのため、写真を使わずに実物を眺める場合、自分が見ているのは鏡に映った自分であり、左右が逆になった姿である。

顔などは、まあそんなものかと思ってあまり気にならないが、それを写生する際、寅彦は着物の襟の合わせ方がどうにも不自然に見えて気になり、迷ってしまうらしい。そのへんは頭で修正することもある程度は可能だが、鏡像の顔を想像で実物に変更するのは困難だ。だから、鏡に映って見えるままに写生することになる。

自画像を何枚か描いてみると、どれも同じ鏡に映るその日の自分の顔を写生したつもりでも、結果としてそれぞれ違った顔に仕上がっている。第一号が皺だらけのしかめ面で癇癪持ちに見えるのに、第二号は温和なのっぺりした若々しい顔に見える。同じ自分が同じ自分の顔を描くつもりでも、その時々で違った顔に仕上がるのは、写生が下手なためにちがいないが、それでもどの絵の顔も、よく見ればどこか似て見える。

ある日、電車の中で子供を連れた夫婦が向かい側に坐り、無心に眺めていると、夫婦の顔はまったく違うのに、子供の顔は両親の顔に似ている。どこがどちらにどう似ているかといった細かいことはともかく、まるで似ていない両親の顔が子供の顔の中で渾然と融合し、完全に独立した自然な顔になっているのに驚いたという。さらに驚いたのは、知人の友人の次男が、父親よりも生母よりも、父の亡くなった先妻に似て見えるという奇妙な事実で、よほどショックを受けたそうだ。

毎日のように自画像を眺めていると、絵の中の人間とそれを描いた自分との間に、いつか同情に似た気分が生じてくるらしい。絵の顔が口をゆがめていると、つい自分も口をゆがめ、自分が目を細くすると画像も目を細めるように思われ、機嫌のいい顔を眺めると自分も愉快になるという。主体と対象との間に何か通うものがあるような気がするのだろう。

ある日、自画像を描きながら、眼のあたりをいじり、口元に手を加えていたら、その顔がふと父親の顔に見えてきた。何だか絵の中から亡父が自分をのぞいているような気がして愕然としたらしい。考えてみれば、これはさほど不思議なことではない。自分で意識しないだけで、実際に似ているところがあるはずだから。描いている途中の顔のどこをどう修正するかで、偶然に類似点が強調される瞬間だったのかもしれない。

寅彦はそこから想像を広げ、大胆な空想を展開する。何日も絵筆の先で修正を加えているうちに、時折何だか見たような顔に思えることもある。父親だけでなく、自分の会ったこともないような先祖がのぞいていたのかもしれない。祖先を千年さかのぼっただけで、今の自分は昔の二千万人の血を受け継いでいるという計算になるというから、日に日に修正してたまたま現れるのは、そのうちの誰かの顔なのだろうかと、寅彦はおかしくなる。へえ、そういうものかと、読者もいつか笑っているような気がする。

3　白々しい返済◆内田百閒

思惑の行き違い

『手套』にこんな偶然の間の悪さが描かれている。電車の中で財布から回数券を取り出すときに、手袋をはめていて指先の自由が利かず、それに引っかかって十銭銀貨を一枚床に落としてしまった。どうせたばこ銭に十五銭要るからついでにそれを用意しておこうと思って、落ちている十銭を拾う前に、財布からもう五銭取り出してポケットに入れた。

すると、向かい側に腰かけていた学生がわざわざ立って来て、百閒の足元にころがっている十銭銀貨を拾って、会釈しながら渡してくれたという。もちろん、お礼を言って受け取ったが、その折の自分の態度をあとからふりかえって百閒は悩むのだ。

銀貨を落としたことに当人が気がつかないと思ったからこそ、拾ってくれたのだろう。しかし、それを受け取る人間は初めから気がついているから、当然びっくりしたような表情にはならない。そういう落ち着きはらった態度を見て、あとで拾おうと思っていたのだと先方は感づいたらしく、ちょっと間の悪いようすを見せて離れて行った。

親切な学生にそういう思いをさせてしまって、気の毒なことをしたと、申しわけのない気分だが、それでは、あのとき、自分に何ができたかと振り返ってみる。正直に、わかっているとか、あとで拾うとかと言って、相手を制するのは、思いやりに欠ける。そうかといって、その親切に応えるために義理にももと驚いてみせるべきだったとは思わないし、学生がとっさに示した親切行為のために、きまりの悪い思いをするのは、当然の成り行きだなどとは、ますます思わない。

世の中にはこれに類する善意の行き違いがけっこう多いだろう。これが人間らしさなのかと、妙におかしくなる。

ものは考えよう

『百鬼園先生言行録』から、そういえばそうだと思わせるくだりをいくつか紹介しよう。自分の口なのに自分の思いどおりにならない時があるというから、てっきり歯医者で治療を受けている間だろうと思った。とっさに、医者に話しかけられて答えられずに閉口した経験を思い出したからだ。ところが、百閒は欠伸《あくび》が出たときだと言う。ふだんは自分の意志で自在に動かしているのに、欠伸の間だけは自分の自由にならない。自分の口を何ものかに支配されたように、自由に動かなくなってしまうと書いている。相手の欠伸を見ながら、欠伸というものは実に不思議だと感心していると、その相手はまた欠伸が出かかったのを、喉いっぱいに鳴らしたあと、なるほど、不思議なものだ、思いどおりにならないと、自分の欠伸を味わっている。

駅のプラットフォームで煙草をふかしながら、次々に入ってくる満員電車を、百鬼園先生は、これは無理だと、何台も見送る。普通の人なら、この大きさの車輛にこれだけの人間が乗り込むのは無理だと、場所と人数との問題にして考えるが、百閒はそこに人間の大きさという第三の要素を持ち込んで考察し、画期的な解決案を考え出す。世間でやたらに体育を奨励し、人間の図体をむやみに大きくしたがっているところに問題があるという。

体が大きくなれば寿命が延びるわけではないし、大きな死体が残るだけだ。体格が大きくなれば少し強くはなるかもしれないが、みんなが大きくなれば結果は同じだ。みんなが無意味に大きな図体をしているために世間がどれだけ迷惑しているかわからない。もしも今の半分の大きさに縮められれば、電車の混雑も半減し、ひいては人口問題も食糧問題も簡単に解決する。どこか変だと思いながらも、読者は笑いながら納得する。体が小さくなればなどと誰も考えないだけに、意表をついてよけい滑稽に感じられるのだろう。

子供は煙草も吸わないし酒も飲まないから長生きするのであって、大人はとうてい子供ほど生きられない。そういう屁理屈で、酒や煙草の害を主張するくだりも楽しい。大人も昔は子供だったし、子供もやがて大人になるという事実に目をつぶり、一見もっともらしく仕立てる百閒のいたずらっぽい顔がおかしいのだ。

およそ外国語を習いながら難しいとこぼすぐらい、くだらない不平はない。人間は一つの言語を知っているのを神からの特別の贈り物だと感謝しなければならないのに、そのうえ欲張って別の言語を覚えようなどとするのは、神の摂理を無視し、自然の法則に背くことであり、外国語学習にともなう苦しみはその罰なのだ。百閒はそう言い放つ。あれはそうだったのか、と読者はあのころを振り返るかもしれない。スケールの大きいおかしみだ。

貧乏の絶対境

『実説艸平記』という小説に、こんなやりとりが現れる。借りた金を返すのに、またよそから金を借りる、そんなスパイラルにはまっている相手に、貸し主が、すぐ返さないから無くなるのだとなじると、相手は、すぐ返したのでは使う暇がないと反論。すぐに、借りた金を使おうとするからいけないんだ、とわかったようなわからないような論理で、借金をやめさせようとする。

『夜風と泥坊』は、貧乏暮らしの百閒の家にも、そんな差し迫った事情を知らなければ、泥棒が入らないとは限らないという話から始まる。そんな奴が世の中にいるかいないかは別として、「自分より貧乏な者がいると思うのが天下泰平である」という理屈は、読者にもなるほどと思われるだろう。

『大晦日』という随筆で、貧乏というのは一つの状態に過ぎないと主張し、そんなことも知らないのを「平可通」ときめつける。いくら貧乏な人でも、たまたま儲《もう》けたり、他人から借りたりすれば、その金のあるうちは金持ちの状態だという。

ただ、その金が身につかず、どうやりくりしても結局は足りないのが、貧乏たるものの本体だから、借りても儲けても同様に、そんな金はたちまちのうちに消えてしまう。その無くなるまでのほんのわずかの間、金というものが仮にそこに存在するという現象のために、ますます苦しむのが貧乏というものだ。

だから、金のない間が貧乏の絶対境であって、なまじ金が入ったりすると、つくづく貧乏が情けなくなるのだという。それが人間らしさなのかもしれない。きっと身につまされる読者もあることだろう。

小説『贋作吾輩は猫である』を見ても、百閒は貧乏というものに一種の誇りを感じていたようだ。貧乏というものをそんなふうに手軽に考えてはいけない、それは「立派な一つの身分」だとし、君のような輩《やから》が、さしあたりの金に窮したからといって貧乏人面をするのは、「分を知らざるの甚だしいものだ」と、相手の思い上がりをたしなめる場面さえある。

訪ねて来て驚くのは自業自得

『弾琴図』は大学紛争で急に教員を辞めた折の心境から始まる。通勤する必要が無くなり、家で坐っているだけだから誰にも会わないで済む。だから、対面用の顔は不要になった。むろん、眼や口がなくては生活に困るし、鼻もあるに越したことはないが、それらの一定の配置に応じてまとまる顔面がどんな状態にあろうと、気を遣う必要がない。教室に出ないから、どんな顔でも生徒に驚かれる心配はないし、同僚と顔を合わせる機会もないから、顔が汚くても失礼にはあたらない。論理的にそのとおりだろう。

たまに外に出て往来を歩いている時など、すれ違った通行人は、変な顔の男と思って気分が悪いかもしれないが、そんな知らない人にまで気を遣ってはいられないという。これももっともな理屈だ。時々自分で撫でてみるほかに用がないから、そのまま構わずにおいたら、髭は伸び放題、髪は耳におっかぶさってきたらしい。顔のあちこちが痒くなったが、それを掻くのも楽しみの一つで、別に苦にならない。

一日単位で見ればほんのわずかずつの変化だから、いつも顔を合わせている家族がびっくりすることはない。たまにしか自分の顔を見ることのない当人のほうが、鏡に映る物騒な顔に驚き、こんな顔で人を訪れるのはよくないと思う。だが、こちらから訪ねなくても、先方がやって来る可能性があるが、「訪ねて来て、驚くのは、向うの自業自得だから、私の知った事ではない」と考えるのだ。他人というものは本来訪ねて来るべきものではないという前提に立った判断で、この「自業自得」というとらえ方には笑ってしまう。

そのうち、自動車で交番の前を通りかかると、道端に立っているお巡りさんが、窓越しに車の中まで届くほど首を伸ばして鋭い視線を注ぐまでになったという。車内まで届くのは視線だけのはずだが、車の中まで首を伸ばすという発想がユニークだ。そのころ、著書の口絵にするために版画家が写生にやって来た。その画伯の示す下絵をちらと見ると、気がふれた乞食みたいな顔がどことなく自分に似ているので、不気味になってすぐ返した。その翌日、百何十日も髪を切っていないため毛がぼうぼうになった頭を急に綺麗にして、仕事の途中の画伯を面くらわしてやろうと、床屋に入った。

以前、長い休暇で髪も髭も伸びた頭で、行きつけの床屋の店に入ると、親方が「どうかなさいましたか」と驚き、「お風邪が流行りますので」と言うから、「病気ではない」と答えると、とたんに親方が黙ってしまった。それで客のほうがいろいろ気をまわす。病気でなくてこんな顔をしているとすると、しばらく入れられていたと、親方は勘ぐるかもしれない。庁内には床屋があるから、さっぱりして帰って来られるそうだが、親方はそんな設備があることを知らないだろう。そんなことをあれこれ考えてしまってぐったりしたことがあるという。

今は別の床屋だが、あの時より何倍も汚い頭を刈っている。この親方がもし留置場の床屋のことを知っていたら、あと考えられるのは、脱獄か。そうでなければ、気が変になったと思うにちがいない。そう思ったとたん、うっかり顔の筋を動かすこともできなくなったそうだ。いずれも、多少の誇張はあるにしろ、勘ぐる経路がかなり理詰めにできていて、読者も気疲れし、顔の筋がこわばっているのがわかる。

鼻毛のオークション

人間には妙な癖がある。ある偉人を尊敬すると、その人の偉人たる所以である偉さだけではなく、それとは何の関係もないことまで、その人の真似をしたがる。漱石の弟子は何かにつけて漱石の真似をしたがる。『前掛けと漱石先生』によれば、漱石が煙草の朝日を吸うので、弟子はみな朝日を吸ったらしい。漱石が笑うと少し曲がった鼻の横に皺を寄せるので、弟子たちも、鼻を曲げるのは困難ながら、鼻の横に皺が寄るように努めたという。漱石がセピア色のインキを使ったため、弟子の小宮豊隆は何とかセピア色に見える工夫をこらしたようだ。商家の生まれで子供のころから前掛けを締めさせられた内田百閒は、初対面の折の漱石が前掛け姿だったのに気を強くし、その後ずうっと前掛けを愛用したらしく、夏は裸で前掛けを締めるので、変な格好を見たくなかったら、自分の家に来ないようにと警告している。

真似をするだけではなく、愛好物だとか身につけていた衣料品だとか、何らかのつながりのあるものすべてに関心が向く。達筆とは縁遠い筆跡でも、その人のサインとなるとやたらに欲しがるのも、そんなべたべたした無意味な人間くささだろう。それ自体の客観的な価値など問題外で、自分がその相手とどこかでつながっていたいのだ。馬鹿みたいなものだが、事実だからおかしい。

われらが百閒も漱石先生の遺品をいろいろ持っているらしい。『漱石遺毛』と題する随筆に、そのいくつかが紹介されている。最初は万年筆で、『学鐙《がくとう》』に万年筆の記事を書いた記念に丸善から貰った物らしく、漱石は『行人』から『明暗』の途中まで使ったが、そこでペン先が折れてしまったのだという。

次が洋服。明治天皇崩御の服喪中に左腕に黒い喪章を巻いて撮影した漱石の写真が世間に流布しているが、その写真の背広服だという。教官をしていた時期にそれを愛用したが、だんだん肥ってきて、とうとう縫い目がはじけ、笑うとズボンのボタンが飛ぶまでになって、もう着られない。着ないでそのまま仕舞っておけばよかったと後悔している代物だ。ちなみに、のちの随筆『漱石遺毛その後』によれば、直しも利かないまでに着つぶしたぼろぼろのその洋服も、とうとうあの無慈悲なB29が焼き去ったという。

そして、話題が前掛けなどの衣料品から肝腎の遺毛へと移る。遺毛といっても頭髪ではなく、なんと漱石の鼻毛だという。長短合わせて十本あり、うち二本は金髪らしい。『吾輩は猫である』の中に、「抜き取った鼻毛を天下の奇観の如く眺めている」とあるし、「主人は平気な顔で、鼻毛を一本一本丁寧に原稿紙の上に植え附ける」場面では、その毛に肉がついていて針のようにぴんと立ち、息を吹きかけても粘着力が強くて飛ばないなどと主人の苦沙弥先生が感じ入るくだりも出てくる。さらに、鼻毛を抜いて色とりどりのを並べ、白いのを一本つまんで、鼻毛の白髪だと細君の前に突き出す箇所もある。

これらのシーンは空想の創作ではなく、作者自身の癖をモデルにして書いたことがわかり、その点でも興味深い。漱石のこのような生活習慣はどうやらその十年後まで継続したらしく、百閒所有の鼻毛は漱石が『道草』を書いていた時代の産物だという。そんなことがどうしてわかるのか読者はあっけにとられるだろう。そもそも漱石の鼻毛がどういう経緯で百閒の手に渡ったのか、読者には見当もつかない。

原稿を書いていて途中の訂正が多くなると、原稿があまりに汚くなるので、漱石は新しい原稿用紙に書き直す。長編ともなると、その書きつぶしの原稿用紙が五寸か六寸かの厚みになるほど溜まったらしい。その書き損じの原稿を弟子たちが適当に分けてそれぞれ貰って帰ったようだ。ある日、百閒がそれをめくっていて、変なものがくっついていることに気づき、よく見ると、「鼻毛を丁寧に植えつけてあった」という。特に粘着力の強い毛の根もとの肉が紙にくっついて乾ききっていて、その上からほかの紙を重ねたりしても、肝腎の毛は剝落しなかったのだという。

人気俳優やもてもてのタレント、あるいは野球やサッカーのスーパースターの下着や爪などが、どんな高値で取引されていても、その人のファン以外の一般の人間にとっては、むしろ汚いと思うぐらいのもので、そんなものは一円の価値もない。この鼻毛がオークションでどんな値をつけようと、漱石に関心のない人にとっては何の魅力もなく、ただ不潔な感じを抱くだけだろう。

百閒も、自分が漱石先生の鼻毛を抜いて二十年にわたって珍蔵したなどと思われては甚だ迷惑するとことわり、あれはあくまで当人が自分で抜いたものであり、漱石にそれを「原稿用紙に植毛する癖」のあったことを明らかにするためにこの一文を草したまでのことだと苦しい言いわけをしている。そのとおりだとしても、百閒がそれを長期間にわたって大事に保存していたというほほえましい、あるいは羨ましい事実は消えない。いかに愚かしい行為とはいえ、それはきわめて人間くさい所業であり、共感する読者も多いことだろう。

だが、現実は残酷だ。のちに百閒は『漱石遺毛その後』で、その末路をこう記している。漱石を崇拝するのは勝手だが、鼻毛を保存するのは気持ちが悪い、という読者の意向にも耳を貸さず、百閒はその文化財を後生大事にしまいこんでおいたのだが、昭和二十年の初夏、敵機B29の焼夷弾投下という愚挙により、「文章の推敲と云う事のシンボルの如き漱石先生の鼻毛」の焼失した事実を記している。あまりに人間的といえばそうだが、文面に万感の思いがこみあげており、やはり人間である読者としても、それはまさに痛恨の一事であったと、深く胸に刻まれる。

筋金入りの片意地

『解夏宵行《げげしょうこう》』にこうある。誰でも知っていることを自分は知らないと、いかにも自慢げに言うのは「愚の至り」だ。ところがそのあとに、そうは思うものの と続き、みんなが行く場所に自分だけ行きそびれて、それから何年か経つと、何となく意地になって、そんな所へ誰が行くものかと思うようになってしまうという。漱石のつむじ曲がりの正義感を知り、そのまねをしようと文学の世界に迷い込んだへそ曲がりのわが身として、この気持ちは実によくわかる。自分も上京してとうに半世紀を大きく越えたのに、いまだ東京タワーに登った経験がない。何の自慢にもならないが、せっかくここまで来たのだから、今さら登るのはもったいないような気さえする。もちろん、東京スカイツリーも同様だ。きらきらした横文字が気に入らないからだけではない。仮に、かつて候補の一つだった「ゆめみやぐら」のような江戸情緒を秘めた小粋な名称に落ち着いていたとしても、結果は同じだったろうし、おそらくこれからも変わらないだろう。

はたから見ればおよそばかばかしいこだわりだが、「何となく意地になって」という百閒のことばが、すべてを物語っている。自分でも無駄だと知りつつ、そんなつまらない意地を張ることがある。人間誰しも、とまでは言えないにしろ、いかにも人間らしい愚かさのように思われる。

その百閒、事実、四半世紀に及ぶ東京生活を経てなお、日光も江ノ島も箱根も知らなかったらしい。ところが、意外に外国人のほうがむしろそういう観光地の名前を知っていて、会食の折など、よくそんな地名を話題にする。先方は、まさか日本人が知らないとは思わないから、そこの美しい景色について問いかけるのが礼儀だという思いもあるのだろう。

あるドイツ人のお宅に呼ばれてその家族と一緒に食事をご馳走になるとき、そもそも百閒は、紅茶をがぶがぶ飲みながら西洋料理に挑戦する習慣に面くらう。根が酒好きだから、紅茶に砂糖を入れた日にはとうてい料理が喉を通らないから、苦いまま飲んでいると、主人がなぜ砂糖を入れないのかと問いただす。さすがドイツ語教師の百閒も、相手と正反対の自分の嗜好《しこう》について、先方を怒らせないように説明するには、会話力がいささか心もとない。万策尽きて、申しわけ程度に砂糖を入れ、語学力の不足を補おうとしたら、それを遠慮と誤解して、見かねた奥さんが砂糖をたっぷりしゃくり込んだというから、読者はその瞬間の百閒の顔が見たい気分に誘われる。

食後にビールを飲み、酒の酔いがまわってくるにつれて、百閒のドイツ語が急にうまくなり、なめらかに出るようになったらしい。それでも、西洋の女性と話すのは苦手だという。男の教師にばかり教わったせいもあるかと思う。米国で日本人夫婦の間に生まれた子供が家庭内の日本語を聞き覚え、日本で初めて会った祖父に「やあ、元気？」とにこやかに話しかけたという実話を、その男の子の父である先輩から直接聞いたことがある。オーストラリアのある大学の学生の日本語が一時期京都弁になりかけたという笑い話もあるから、どうしても教師のことばに影響されるところがあるようだ。

だが、百閒の場合は、それよりも「洋の東西を問わず、女は多弁」だから困るのだという。つまり、自分のほうはやっと用を足す程度に弁じているのに、先方は、何かといえば、百閒の行ったこともない日光や江ノ島や箱根の話を持ち出して、無用の饒舌を弄するので迷惑する。そのぎくしゃくしたドイツ語での対話を、百閒は「思考し難き事である」とか「景色を見る事を好むけれども、まだ機会が私に幸いしない」とか「旅行のきっかけが、私を恵まないのである」とかという奇妙な日本語で再現してみせる。読んだだけで、座が白けているその場のようすが伝わってくる。

饒舌と寿命

『女子の饒舌に就いて』と題する思索エッセイは、いくぶん被害者側に立った運命的なおしゃべり功罪論である。人間、それ無しには考えることさえできないほどに重要な「言葉」というもの、もちろんそれは男女を問わずみな平等に有している。だが、百閒は、女はそれを、ものを考えることより、濫用と思われるまでに、話すほうにばかり使いたがる傾向があるとする。次に、おしゃべりは健康にいいという説を紹介して、世間に未亡人が多いのはそのせいではないかと勘ぐる。一方、女が饒舌によって長寿を保つのは結構だが、そのせいで早世する亭主が多い結果、そういう現象が起こっているという邪推も成り立つとし、自分の「憂鬱であった半生」を振り返っても、よくぞ今日まで、「しゃべり殺されずに生き延びたものだ」と、ほっとするという。

しゃべっている女のようすを観察すると、いかにも気持ちがよさそうで、「舌に油が乗って来れば、恍惚として三昧境に」入れるから、その天賦の才は、男から見ると羨ましいかぎりだ。男にとって迷惑であっても、女は悪意があって薄い舌をたたいているわけではなく、親愛と好意を示そうとして饒舌がとまらなくなるのだ、と理解のあるところも見せる。仮に、相手が間違ったことを言ったり、亭主が不都合なことをしでかしたりした場合でも、女は饒舌をもってそれに報いようとする魂胆はなく、ただ思考の中枢が唇に移り、考える言葉がそのまま舌に乗って収拾がつかなくなるだけのことだろう。まして、その饒舌が男の寿命を縮める結果につながるなどとは女は考えていない。

女の饒舌は病気ではないから、薬でも養生でも治らないし、まして亭主の小言ぐらいではどうにもならない。だから、おしゃべりの妻をめとった男は、それを一生の不運とあきらめて、「少しも早く騒騒しいこの世を終わる事を念ずるより外《ほか》に道はない」と達観する。

教育で本能を抑制することは不可能だから、饒舌そのものは女の修養に左右されることはないが、ただ饒舌の現れる姿にいくらか違いが出てくるとして、その具体例を並べる。教養ある淑女の饒舌は受けた教育によって多種多様になるが、語彙が豊富になるうえ、話法に欧文脈の複文を挿入するため、ますますうるさくなるとする。何だかこのあたりから、読者にも百閒の悩みが少しわかるような気がする。多分に語学的なのだ。

こんな話もある。招待を受けて一流の土地に遊び、お座敷で芸妓に接した。客の接待が仕事だから、個人的な意見や感想など述べないものと思っていたが、そこは女、何かのはずみで話のいとぐちをつかむと、客のご機嫌など眼中に無くなり、職業も立場も忘れてしゃべりまくる現場を目撃したらしい。席に侍したある若い哲学的な芸妓が、酒を注ぎながら、「人世の懐疑を饒舌に乗せて一座に振り撒くので、すっかり興がさめた」というのだが、興が冷めたのは、内容がつまらないからではなく、「いい気になって喋喋《ちょうちょう》と弁じ立てる語彙が耳ざわり」で、そのため酒の味をそこねたというから、いかにも百閒らしい。

まるで癇癪を起こしたような、その誇張ぶりがおかしい。朝の電車に乗り合わせた女学生群がぺちゃくちゃと際限もなく「囀《さえず》り交わす姦《かしま》しさ」に圧倒され、こんなに言葉を濫費されたのでは、「人間の言葉が足りなく」なって、のちのち困ることになりはしないかと不安になってくるほどだ。この娘たちが嫁に行けば、「御亭主と云う特定専属の相手が出来るから、もうしめたもの」で、雪の朝《あした》、花の夕べと何かにつけ、「舌は乾いて、唇の焦げるまで」思うがままにおしゃべりが堪能できる、百閒はそんな想像まで楽しむのである。

おやじ先生

『鬼苑道話』に「息子の教育に就いて」という一文がある。旧制高校時代の同級生で今は市谷で弁護士をしているという甘木君を訪ねて、息子の躾《しつ》けをめぐって互いの意見をぶつける話だ。「甘木」という苗字は、漱石がたしか『吾輩は猫である』の中で医者の名前に使っていたような記憶があるが、百閒はその二字を合体すると「某」になるところから、「なにがし」の代わりとして多用しているので、ここも実際の苗字は別なのだろう。

その甘木が、どうもうちの息子は内緒で煙草を吸っているらしいと言い出す。息子の部屋に行くと、いつも窓を開けて空を眺めているから怪しいのだという。もうやめられなくなっているように思えるのだが、どういうふうに取り締まったらいいかと悩んでいる。話を聞いた百閒は、悩んでいる甘木自身だってそれぐらいの年頃から吸っていたことを知っているから、吸ったっていいじゃないかと応じ、先生に見つかるなよと言って、煙草を買ってやってこそおやじらしい態度だと、とんだ提案をする。

そんなことができるものか、と相手は当然呆れるが、百閒の理由付けがもっともらしくて読者は笑ってしまう。今のままだと、親に隠れて吸っているわけで、喫煙の害毒より、おやじに隠し事をする興味を抱かせるほうが、教育上有害だし、また、隠れて吸う煙草には言うに言われぬ味わいが伴うから、これでは「期せずして息子さんの喫煙を奨励して」いるようなものだ。これも極論だが、どことなく一面の真理のような気がしてくる。

そうして、わが家の大胆な教育方針を諄々《じゅんじゅん》と説く。煙草を吸っているのかと問うと、うちの息子は曖昧な顔をするから、「吸うなら今後煙草を買ってやる」と言ったら、妙な顔をしていたが、それからずっと煙草を与えているという。中毒にならないように加減してやるのが親の務めだというのは説得力がある。そのもっともらしさが何ともおかしい。

酒も同じだという。下手な飲み方をほうっておけば、大事な体をこわし、将来の進路を誤るから、その危険な飲み方というものを、自分の体験から直接指導するのがおやじというものだ。いつでも飲ませてやるから隠れ飲みのようなけちなまねはするな、とむしろ公認してやるのだ。「獅子は子を千仞《せんじん》の谷に落とす」という格言などをちらつかせて権威づけする論法が、読者をも巧みに誘導する。それにしても、一見もっともらしい暴論を吐きながら、半信半疑の息子を、若いくせにおやじより頭が古いと評するのも滑稽である。

腐敗を防ぐために

『秋を待つ』を読むと、たしかに湿気の多い日本の夏は堪えがたいと思う。昔、外国人に日本語というものを教えていたころ、留学生は日本の夏の教室内の臭いに閉口していた。その折だったか、ある日、学内の庭園でなごやかに青空学級を開き、そこの会館で珈琲と洋菓子をふるまって機嫌よく店を出たその帰り道、整備のため入園禁止の貼り札に気がついて驚いた、そんな古い記憶が蘇る。

百閒は家が狭いため、火鉢や暖炉ですぐに暖まり、冬でも浴衣一枚で過ごしたという。夏になると、普通の人でも浴衣になるぐらいだから、百閒はどうしていいかわからない。とりあえず裸になるものの、裸

というものの さほど涼しくない。「皮を剝ぐか、肉を削《そ》ぎ取るかしなければ暑くて暑くて、我慢が出来ない」という。たしか漱石の『吾輩は猫である』に、猫の吾輩が、皮を脱いで肉も脱いで骨だけで涼みたいと思うところがあったように記憶するが、ここはそのあたりを下敷きにした表現なのかもしれない。

三十五度を越す暑さになると、横に寝て昼寝をするなどとんでもないし、椅子の背が肌に触れても暑苦しいから、どこにもさわらない真っ直ぐな姿勢で過ごすらしい。眼鏡のつるが顔にふれるのさえ不快だ。しゃべると暑くなるから、家の者とも口を利かず、面会日も夏じゅう閉鎖し、朝から晩まで一人でじっとしているという徹底ぶりだ。

これでは生きていても何にもならない。いや、生きているから暑いのだと考え直したが、さりとて死んでしまったら、この暑さだから半日ももたずに腐ってしまう。時節が移るまでのつなぎだとあきらめ、仕方なく、腐敗を防ぐためにふうふう言いながら露命をつないでいるのだという。どうにも堪えがたい夏の暑さが、読者にも感覚的に伝わってくるだろう。

百閒の場合、この酷暑は暮らしにも響いたようだ。夏の間は、団扇《うちわ》を使うのと汗を拭くのとで両手がふさがり、原稿が書けなかったと『錬金術』にある。そこで錬金術を使うのだが、それは原稿料の前借りや印税の先払いを頼み込むだけだから、そういうことに心をくだけばくだくほど貧乏がますますひどくなる。

学問は忘れた後に効果

『自分の顔』に、窓障子の硝子に自分の顔が映っていると気になるとある。こちらから見れば自分の顔が映っているだけだが、向こうから見ればその顔が自分を見ているわけで、不気味だから硝子に紙を貼りつけたという。そういう神経だから、ここで紹介する教育論も世間の常識とはだいぶずれてくる。

『御慶十一年』に出てくる「遅刻」の定義も一風変わっている。学生の遅刻をやかましく言うと、先生だって遅刻するじゃありませんかと言い返されることがあるが、それは「遅刻」という単語の誤用だという。「正確に、厳密に云うと、先生が遅刻して教室に出たという事はあり得ない」、先生が教室に姿を現した時が授業の始まりだからだという理屈だ。そのあとがまた、ふるっている。鐘やベルで音を出すのは、「小使の手すさび」にすぎないと言い放つのである。たしかに明快だが、これだと、先生が休んでも休講ではなく、授業のまだ始まらない状態が極端に長いだけのことになってしまう。

『鬼苑横談』で警察権力の学生狩りにふれた箇所も、極端ではあるが、筋の通るところがあって痛快だ。青雲の志を抱きながら境遇のために果たせず、大学の夜間部に通いながら警官として勤務しているような巡査にとっては、学生は「始末の悪い通行人」でくだらないことに騒ぎたて、一言注意すると、「おまわりなんか眼中にない」という顔で屁理屈をこねる。だから、たまには警察署の板敷に坐らされて説教でも拝聴するほうが、「いつかはおやじの告別式に列した時の役にも立つ」という。また、学生をむやみに警察へ引き立てるのは大切な自尊心を傷つけるなどとかばいだてするが、おめおめとお辞儀をして帰って来るような学生に、はたで守ってやるような立派な自尊心があるかは疑問だ。教室で居眠りばかりしているような学生は警官に引き渡し、「月謝を滞納した学生は差押さえる」とよい。そうすれば学生は質草がなくなって、いかがわしい場所に出入りしなくなる。

かなり過激な意見だが、同じ随筆に出てくる次の話は説得力がある。「立派な講義をして学生を魅了しないから、学生が変な所を遊び歩く」などと言うのはとんだ見当違いで、あまりにも学生を買いかぶりすぎた話だと一蹴する。「いい講義が面白いとは限らない」からだという。ここまでは、まさにそのとおりだろう。ところが、世間の先生族は学生の評判を気にするあまり、授業の興味をつなぎとめることに汲々《きゅうきゅう》としている。これも傾向としては否定できないだろう。そこから、教師に幇間《ほうかん》のまねをやらせるくらいなら、媚を売る女を配したほうが「健全」だと展開する。こういう勇み足が読者を楽しませる。

『続鬼苑横談』には、まったく休講をしない先生は嫌な感じがするものであり、時々休むことが教育の効果を上げるし、大学生ともなれば休講ならずとも自分の考えで抜け出してかまわない、どの大学でも科目制度となっていて、その自由を認めている、とある。

その一方、『学生の家』では、学校が厳しくやかましく言うほど、学生は楽しい生活が送れるという逆説的な主張をする。厳しい学校なら、一時間休みになって廊下を歩いただけで楽しいし、昼休みに芝生でも踏めば、もう堪えられない気分になるのに反し、だらだらした学校ではどこまで緩めても、学生は満足というものを知らないからだという。戦後の物のない時代に、半切れの塩鮭に感激し、バナナやチョコレートに涙する思いを体験した世代には、人間の幸福とは幸福感にすぎないことを考えさせるだろう。

同じ作品には、こんな荒療治を奨めるくだりもあって、読者も目を開く思いをする。役に立つ教育をするのは堕落の一歩であり、「社会に出て役に立たぬ事を学校で講義するところに教育の意義がある」という正論を吐いたあと、ぎゅうぎゅう詰め込んでたくさん覚えさせ、どんどん忘れさせることを推奨する。習ったことを全部覚えておこうなどというケチな根性を起こすな、忘れることは、初めから知らないこととは違うのであり、「忘れた後に本当の学問の効果が残る」のだと主張する。

忘れる前には覚える必要がある。忘れるために覚えるのだ。知らないことと、知ってから忘れるのとではまるで違う。「忘れた後に大切な判断が生じる」と説く、のちの『忘却論』へとつながる。何となくもっともな感じがあり、読んでいておかしい。ただし、もし忘れられずに覚えていたら、はたしてどういう不都合が生じるのか、そのあたりの疑問は残る。

金のほうでも油断

『御慶五年』では借金における駆け引きの極意を披露する。一般に、金を借りるのはむずかしいが、年の暮れ近くになってから、のっぴきならぬ金を調達するのは特に困難だ。その点、人を招待してご馳走したいから、ちょっと金を貸してくれないか、というように話を持ちかければ、案外軽い気持ちで貸してくれそうだ。使う味は同じでも、貸すほうは気が楽だろうというのである。そもそも金というものは必要のために存在するのだが、ほんとに必要な金をつくろうとすると、金のほうで「本来の威厳を発揮して」むずかしい顔をする。そこを、人を集めてご馳走するなどという馬鹿げた話にしておけば、金のほうでも油断するから、「その隙に調達が叶う」というのだが、はたしてそううまく運ぶものか知らん?

『三五の桐』には、考えようによっては心にしみる話が出てくる。せっぱつまって無理な借金を申し入れたところ、快く貸してくれたその恩人が、なかなか返済できないでいるうちに病臥するようになった。相手が病気の折に金を返しに行くのは無遠慮にすぎると思い、ためらっているうちにその病気が次第に重くなり、このぶんだと存命中にもう返済できないかもしれないと覚悟せざるをえなくなった。生きている間に古い借金を返してしまおうとしているように誤解させては心苦しいからだ。そして、とうとうその人は他界した。借り手の頭には、自分が困りきっているときに、嫌な顔ひとつせずに金を差し出した故人の面影が浮かび、もう返すことはできないとあきらめた。事実、返さなくてよかったと百閒は思う。あんなにありがたかったあの金を、あとで都合がついたからといって、軽々しく自分の手から返してしまうのは申し訳がない。深い恩義をいつまでも胸の奥底に大事にしまっておこうという気持ちなのだろう。さて、この判断、道義的にいかがなものだろう。百閒はここでの返済行為を「白々しく」と感じるのである。

乗らないで着きたい

いかに常識離れしていようとも、考えるぶんには自由である。百閒の欲望は奔放な思考をけしかける。『特別阿房列車』にこうある。何も用事はないが汽車で大阪へ行って来ようと思う。しかし、そんな贅沢は片道しか味わえない。向こうに着いたら着きっぱなしというわけにはいかないから、帰って来なければいけない。だから、帰りの片道は冗談の旅行ではなく義務になっている。それだけに、行きと違ってのんびりした気分でくつろげず、何となく窮屈で味気ない思いなのだろう。

行きたくなったら、何が何でも是が非でも、列車が満員でも切符が売り切れでも、乗っている人を降ろしても構わないから、何としてでも今日、それも思い立った時間にたちたい。子供じみているが、誰でもそういう気分になることはありそうだ。すでに乗り込んだ先客をひきずり降ろしてでもと、そこまで考えるのはさすがで、百閒らしくおかしい。

『東北本線阿房列車』には、それに輪をかけたようなわがままが書いてある。朝の八時だの九時だのというのは、そもそも自分の時計にはない時間だから、そんな汽車にはどうすれば間に合うのか見当もつかない。だから上野をそんなに早く出る汽車にはとても乗れないが、盛岡に着く時間はそれがぴったりなので、何とかそれに乗っていたい。そこで、その汽車に乗り込まないで、その汽車で着くには、さてどうしたらよかろうと、百閒先生は考え込むのだ。気持ちはわかるが、こういう発想は真似ができない。

『春光山陽特別阿房列車』では、連れのおなじみヒマラヤ山系こと平山さんとくりひろげる車中の対話が楽しい。酒を用意して乗り込んだが、途中で足りなくなった。いつもの定量より少ないはずはないのだが、と百閒が首をひねると、山系が「汽車が走りますから」ととぼけて応じる。車窓の景色に見惚れていてつい杯の往復が早くなったのだろうが、そこに、汽車が動くなどという、どう関係するかわからない理由を持ち出すのが、まずおかしい。あの理屈っぽい百閒が、その奇妙な物理学をとがめることもなく、それに対して即座に「その所為《せい》だね」と納得し、すぐボーイに酒を注文する。この呼吸がまたおかしい。

『列車寝台の猿』によれば、他の乗客が物を食うのも気になったらしい。長い時間をかけて汽車が遠くまで行くのだから、その間に乗客が物を食うのを気にすることはない。そう思っていても、座席の位置関係でつい見えてしまう。一品済んでほっとする間もなく、先方はすぐ次の品に取りかかる。もちろん向こうの勝手だが、見ていると何となく腹が立ってきて、いくら勝手でも、あんなに食わなくてもいいだろうと思ってしまうという。勝手に見られて、そう思われたのでは、その乗客もいい災難だ。

自分に共鳴

『水中花』に酒の酔いの効用が述べてある。家で酒を飲んでいい心持ちになったところで杯を置き、本を手に取って読み始める。すると、難しいことが書いてあってもよくわかる。朦朧《もうろう》となり意識が曖昧になるというのは、あくまで他人が見た場合の感じであって、当人としては、しらふの時より頭が鋭く働く。

読んで特に感心した箇所は、ぜひ甘木にも読ませようと紙を挟んでおく。ところが、翌日その甘木がやって来ても、そんなことは忘れている。そのうち読ませようとしたことを思い出して読んでみても、何に感心したのか、今となってはさっぱりわからない。

つまり、昨夜に読んだ内容はもう記憶にないのだが、そんなことは問題ではない。その場でよく理解し、筋道立てて分析し十分に咀嚼《そしゃく》したのだから、自分の身についたはずなのだ。知らないうちに偉くなっていて、そのことに当人が気がつかないだけなのだという。

『雙厄覚え書』には、酒を飲みながらしゃべったのを速記に取られ、あとで文字になってから、しらふで読む話が出てくる。人間、酔ってくると自然おしゃべりになって、自分の考えたことを筋道立てて話すのではなくて、その場の刺激で順序も考えずに口から出るままにしゃべる傾向が強くなる。だから、しゃべった本人が覚えていないことが多い。とはいえ、百閒の場合、腹にあることをしゃべっているので、自分がしゃべったということを覚えていないだけで、その内容についてはたいてい心あたりがあるという。

それが文字になって当人が読むと、面白いだけでなく、しゃべった記憶がないだけに新鮮な感じがするし、すべて自分の言ったことだから当然いちいちもっともだと思う。そして、それに「共鳴する」というから、おかしい。

いやだから、いやだ

博士号を拒絶したつむじ曲がりの漱石の弟子にふさわしく、また、いかにもへそ曲がりの百閒らしくもある、胸の透く逸話を紹介して、この章を閉じよう。昭和二十年代の半ば過ぎに一度、芸術院の新会員の候補の一人になったことがあるらしい。当時、文部省に勤務していた娘のところに内々で百閒の身辺調査のような問い合わせがあり、それから少し経って、野上弥生子から今度は外れたようですねと言われたというから、水面下でそんな動きがあったことは確かだろう。外れたと聞いて内心残念だったらしい。「即座にことわろうと手ぐすね引いて待ち構えていた」からだ。この段階で、もしそんな話が来たら断るなどと、あらかじめ申し出るわけにもいかず、どうも悔しい。

時移り、十数年後のこと、文部省の係からたびたび電話で、前に役所勤めの娘が内緒で尋ねられた内容と似たような問い合わせが舞い込む。やがて内報が入り、翌日に内定の通知が来た。チャンス到来、心勇んで、昔の教え子である有識者を呼び寄せ、芸術院新会員の件を辞退する旨、文部省に伝えるよう命じた。理由を問われ、「いやだから」と答えると、それでは事情説明にならないから当然先方は「なぜいやか」と重ねて訊く。「気が進まない」と応じると、「なぜ気が進まない」と問い詰める。そこで「いやだから」と最初に戻り、あとは堂々巡りになって一向にらちがあかない。

はたから見ると、まるで子供が駄々をこねているようにしか見えないが、大人にもそれでも通したい意地というものがある。人間の愚かさにはちがいないが、しみじみとおかしい。

Ⅱ 職人一芸

岩本素白・高田保・尾崎一雄・永井龍男

4　恋人は捨てられても◆岩本素白・高田保

夏の夜の夢

国文学者で永井荷風と並ぶ散策随筆の達人でもあった岩本素白の『街の灯』に、いつかの東京下町の夜景がにおいやかな陰翳とともに描きとられている。「ネオンの灯の海の銀座」を横切り、「大きな西洋菓子でも見るような歌舞伎座」に近づくあたりから、街の明るさは急に減って、築地に入ると灯の少ない静かな町になる。

夏は「濃い宵闇に火影《ほかげ》の涼しさを覚える」町続きで、「表通りの店から流れる火影に、道ゆく人の浴衣が白く」見え、「深い横町の灯は心細いほど幽か」に感じられ、「ほの暗い軒下に置いた縁台に、夜涼《やりょう》を楽しむ人の煙草の火さえくっきりと見えて」、それが涼感をかきたてる。冬は濃い闇の場所より明るい灯の下のほうが、いっそう寒さが感じられ、「その白い水のような光の中を、気忙《きぜわ》しく行く人の下駄の音も、舗道に寒む寒むと鳴る」。

ある月のない夏の晩に散歩に出た。あまりの蒸し暑さに水の畔《ほとり》に出ようと築地橋のたもとを東に折れてみたが、鬢《びん》の毛をそよがすほどの風もない。それでも、暗い川の水に新富河岸《しんとみがし》の灯が映り、「眼にだけは涼しい景色」だったらしい。その「川沿いの静かな片側町《かたがわまち》の家の奥深い客商売の家の入口には、火影を涼しく見せるために敷石から板塀まで、ふんだんに水が打って」ある。

その町並みに塩湯があり、通りかかると、折しもそこの湯屋から出て来たらしい「三、四人連れの女達が何か睦まじげに物語りながら、宵闇に白い浴衣を浮かせて通り過ぎた」。ふと気がつくと、「そのあとには覚束《おぼつか》ない白粉の匂いが、重い夜気の中に仄《ほの》かに漂って」いるようだ。そこから掘割沿いに明石町の河岸に出て、「暗い水を行く小舟の灯を見送ったり、川口に懸っている帆前船を眺めたりして家へ帰った」。

その翌々日の昼直前、あの関東大地震が起こり、そのあたり一帯もほとんどが焦土と化した。こうなってみると、たまたま散策中に「あの時ゆきずりに見た、夏の夜の入浴を楽しんで居たらしい町の人達も、果して無事」だったかどうか、まったくわからない。なごやかに語り合いながら通り過ぎたあの三、四人の女連れのことも気になって、あの「覚束ない白粉の匂い」を思い出してみたかもしれない。

「覚束ない」とある以上、はっきり白粉とわかる濃い化粧の匂いではない。湯上がりの石鹸の匂いに、白粉のようにも思われる、何かいい匂いがしたのだろう。あるいは単に、若い女とすれ違っただけで感じる、かすかに甘酸っぱい空気の匂いに過ぎなかったかもしれない。いずれにしろ広々とした焼け跡に立って眺めると、わずか一日半前の出来事が、あたかも真夏の夜の夢のように思われたことだろう。あまりに悲惨な信じられない現実に、こんなはずはないと、なぜか笑いがこみあげてくる思いがする。

お詣りのしるし

『銀杏の寺』によると、金蔵寺の門前に柳の木が一本植えてあり、その下に低い石囲いがあって、そこに滾々《こんこん》と清水が湧き出ている。中の槽《ふね》から湧きこぼれた水が囲いの外に溢れ、そこからさらに傍らの溝に落ちるようになっている。「美しい春の日を受けて、こまかい光の綾を織る清水が、やがて溢れてさらさらと流れやまぬ景色」はなかなか捨てがたいものがあるが、人びとは目にもとめずに行きすぎる。

夕日が空を染めて奥深い本堂の屋根が黒々と見えるころに、その中門の石段を降りて来る人びとはほとんど「画中の人」となり、「大銀杏《おおいちょう》が金色に輝く秋」ならばなおいっそうの風情をかもしだす。「風車や鳩の豆を売る老婆が、夕暮小さな店を一とからげにした紺の風呂敷を背負って、堂に向って手を合せて居た景色」は、今でも目に焼きついて離れないという。もともとこの寺院は「襟深く白粉を塗った人達」とは縁遠かった。それが最近になって「参詣にでも来たらしい派手な姿の女」を見かけるようになった。近くにできた「華やかな一郭の中の人」らしい。

しかし、考えてみれば、そういう「華やかな装いとは正反対に、心の寂しい」この社会の人たちは、いつも何かに手を合わせていなければいられないような侘しさから、おのずと信心深くなるのだろう。素白は、現代の知識階級の人間がすでに忘れ去りつつある「義理と気兼ね」とを「唯一つの道徳」と心得ているのがこの社会なのだという。

「そういう中に生活して自由をもたない女たち」は、「遊びに」行くことは許されないが、「お詣り」だけは認められる。都会の盛り場の寺社の近辺にある店でむやみに土産物を買い込む女たちを、単に「無智で派手好きで浪費癖」のある人間と見てはいけない。どこかで遊んで帰ったのではなく、「確かにお詣りをして来たのだという、一つの証左」が必要で、土産物はその場所に行った「しるし」という意味をもつようだ。ああいう社会の女たちがみな外出好きで、やたらに土産物を買い込む習慣をもつ、というその背景には、愚行として笑い捨てきれない哀れな歴史がしみついている。これは思いがけないことであった。

秋山微笑居士

『訪西樹斎記』に「凡《およ》そ億劫《おっくう》という言葉ほど、千万無量の味の籠ったものはない、億劫を抜いた心の中から、ほんとの学問も芸術も生れては来ない」という、よくわからないながらもなぜか肯《うなず》ける名言がある。素白がそういう億劫な気分に沈み込んで名古屋に向かった、その行先で聞いた「友人なんていうものはお互に利用し合うものに過ぎない」という、それまで考えたこともないことばに素直に肯きながら、それでも素白は「利用価値がなくって交れるならそれは更に良い」とわざわざ声に出して言って、「枕元の電気スタンドの紐を引っ張った」という。

『愚人』は「利口でもないのに、馬鹿な真似をするものではない」と母に叱られ、子供ながらもそれを皮肉なことばと思った話に始まり、その賢くもない私が「愚かしい人のことを書こうとする」と続く。人間、誰しもが抱く日常の矛盾なのだろう。

『野の墓』には、信濃路を歩き、姨捨山《おばすてやま》を眺めながら、ふと古い小さな墓の群れの中にある、夫婦の一対の墓に眼がとまる一景がある。「蘭室幽香信女」の隣に「秋山微笑居士」とあるのを発見し、これはよいと、声に出して読む場面だ。朝の宿から見る姨捨山は薔薇色で初々しく、真昼時には「雄偉な趣」をそなえる整った山容に、しばらく杖を休めていた。

その姨捨を背景にして、この「秋山微笑」という文字は、まさにそのとおりと心を打ったらしい。軽い足取りで宿に戻り、二階に上がるなり、「私も此処で秋山微笑居士になるかな」と妻に話しかけたという。

何のことやらのみこめず、けげんな顔の妻に「蘭室幽香信女ではどうだ」と続けたという。自然に溶け込んだ戒名に惚れこんだあまりの、いささか大人気ない言動ではあるが、読者にはまさにほほえましい夫婦のひとときを見た思いで、おのずと口もとがほころびる。

似て非なるもの

高田保の随筆『似而非』は「役人と争論」する話から始まる。戦前か戦中か、「まだ官僚の勢があった頃」で、先方はなかなか鼻息が荒い。それで、「何をそんなに威張るのか」と言ってやると、向こうは「君の方だって威張っとるじゃないか」と言い返す。保は「おれの方は怒っているのだ」と訂正しながら、「威張る」のと「怒る」のとの区別もわきまえなくなったのが官僚というものかと、しみじみ思ったようだ。

やれ言論の自由だとかとやたらにエロ文章が横行するのも、「言論」と「性慾」とをごっちゃにしたせいではないか。「エロチシズムが言論の体を成すのは、永井荷風あたり」の域に達してからで、それ以下の末輩には慎んでもらいたい。「自由」や「権利」と「能力」とを勘違いする連中が多く、「選挙の結果が大多数の無能力を示すことに終るのは当然」だと、世の似而非《えせ》ものに対する筆鋒は鋭い。

同じく『手紙』というエッセイでは、「する事もないので、お前へ手紙を書くことにしたが、書くこともないのでこれで止める」という例をあげ、「こんな手紙を遠く離れている主人から受取ったとして細君たるものはどんな気がするか」と何人かの女の人に質問してみた結果にふれている。馬鹿にしている、そんな手紙ならもらわないほうがいいと憤慨する女、それでも、何も書いて寄こさないよりはまだましだとする女と、人により反響はさまざまだが、わたしなら、「お知らせする事があったのでお手紙を書くことにしたのですが、用事が出来たのでこれで止めます」とお返しすると息巻く女もあったらしい。

総じて不評だったわけだが、保は逆に、細君のことを思っていればこそ手紙を書こうとしたのであり、「心にもない空世辞」などは書きたくないと言っているわけであって、「これくらい愛情が籠っていて、しかも正直な手紙はない」と高く評価する。女側の仕返しの文面は、形はそれとよく似ているものの、こちらは、知らせる用事があるのに書かないというのだから、似て非なるものなのだろう。その点、男の手紙は、女房に呼びかけて「なあに」と言われると、あとが続かない、そんな唄の文句と同じで、「二人は若い」という「纏綿《てんめん》たる」情緒に通うのだという。

新妻が胸元にしっかりと

『風話』の中の「美人」という短文で、高田保は余韻余情の美を讃えている。後ろ姿の美人画に見惚《みと》れ、「あちら向いたるよい女、こちら向かぬが恨めしや」と、裏を返して覗きたいと思うのが人情だが、「画中の美人は永遠に後を向いたままだから」いいのであって、「人間の願望は、なまじ満足を求めて、却《かえ》って手痛く失望させられる」ことが多いという。「余計喋《しゃ》べったらお客は笑わねえ」という落語家の小勝のことば、「馬鹿な奴ほど残らず喋べる」というギリシャの王様のことばを引きながら、「余韻余情の味は空白の中に漂っている」ことを説いた一文だ。

『恋文』に出てくる、ちょいといい話も、そういう余白に味がある。「恋人は捨てきれるが、恋文はちょっと捨てきれぬものだ」という一文、そんな馬鹿なと思う読者もあれば、その気持ちが痛いほどわかると感じる読者もきっとある。高田保は「とかく人情というやつは可笑しなもの」という一言で片づけるが、人間の底知れぬ微妙な気持ちと、計り知れない愚かさとに納得する読者も多いだろう。その捨てきれない恋文を手箱に入れて錠をかけ、結婚後も大事に仕舞いこんで、妻には「わが家の秘録」でめったに開けてはならないものだと言い含めておいたらしい。

ある日、妻から会社に、隣の家が火事で大変だという電話が入り、あわてて駆け戻る間も、買ったばかりの電蓄、マホガニーの洋簞笥、ライカの写真機と、あれも焼けたか、これも焼けたかと、大事な物を心配しながら火事場に着くと、新妻が例の手箱を「胸元にしっかり」抱きしめながら立っていて、「何よりも先きに持ち出して守って」いたと誇らしげに言う。一瞬、「残ったところでそんなものは一文の価値もありゃしないのにと、腹が立った」が、「途端に、その新妻がすっかりいとしくなってしまった」という。何も知らないで、それを守りきったことをさも手柄のように無心に喜んでいる姿に、男はもうすっかり参ってしまったのだろう。いつか、肝腎の中身を話して聞かせる日が来るのか知らん?

灰色のフェアプレー

『フェィヤ・プレイ』という高田保のエッセイは、カンニングの盛んなフランスからアメリカの大学に留学した学生が、試験のときに誰もカンニングをしないことにカルチャーショックを受けたという話から入る。もっとも、これには、カンニングの必要などない易しい問題ばかりだった、という落ちがつく。

保が旧制中学の入試で一番になったのは、隣の席に米問屋の息子がいたという偶然の結果だという。「ジョウゾウ」の「ジョウ」の漢字を思い出せないでいるときに、その子の家の向かいの店に金字で「醬油醸造」と彫りつけた看板が掲げてあったのを思い出したからで、これは自分の実力ではないという。こういう謙虚な考え方は、純真な少年のフェアプレーの精神に通じる。ただ、「このような無汚な魂をいつまでももち続けていられなくなるところに人生がある」と、その後のわが身を振り返る。

その中学三年の東洋史の試験の際、黒板に問題を書くと先生はすぐ教室から姿を消したらしい。足音が遠くに消えると、生徒たちは教科書やノートを広げて難なく答案を書いてしまったが、保にはそういうことができなかったという。次の時間に先生は、君たちの根性を試すためにわざと席を外してみたら、案の定この始末だと叱り、「みんな零点だぞ！」とどなったあと、一番できていなかった高田の答案は立派だから百点をやると言った。保は面目をほどこしたわけだが、「あくまでも歴史の試験であって、人格の試験ではなかった」はずだから「そんな不合理な採点はない」と、すぐさま抗議を申し込んで、百点を返上したという。あのころは自分にもフェアプレーの精神があったのだと懐かしんでいる。

ところが、大学に入ったころから次第にあやしくなってくる。波多野精一博士の哲学の試験のとき、問題を持って来た事務員が黒板に「ライプニックの哲学」と書いたらしい。ライプニッツについては教わったが、そんな哲学は誰からも教わっていないと文句をつけて、先生自身が訂正にやって来るまでの時間に、学生はノートを引っ張り出して調べてしまったという。「あの純真な中学生は、いつの間にか狡猾《こうかつ》な大学生に変貌してしまっていた」と、みんなから感謝された自身の行為を、みずからそう評価している。

増田藤之助先生の英詩の試験では、「教授用に使っていたブラウニング詩集はエヴァリマン文庫の一冊で、図書館本だった」ことに気づいて、図書館でその本を捜し当て、赤鉛筆のマークをヒントに出題箇所を予想し、二題ともみごとに当てた。「私たちの親切な予言」を「信じなかった連中」の抗議により、当局の取り調べが始まったが、これはヤマが当たっただけのことで、「問題の漏洩《ろうえい》でもなければ剽窃《ひょうせつ》でもない」、推理の勝利であってあくまでも正常であったのだが、はたしてこれがほんとにフェアプレーだったのかと、保はやはり自分が気にかかるのだ。人間、長ずるにつれて無垢の心が次第に色褪《いろあ》せ、その逆はなぜないのかと、薄汚れてきた自らのフェアプレー精神を振り返りながら、この鬼才は考えてみたかもしれない。

生まれ変わる楽しみ

高田保は『私は嘘つきか』という随筆で、「嘘」と「創作」との関係に悩む。事の発端は内田誠が「いとう句会」のノートにこんな逸話を載せたことにあるらしい。いとう句会というのは久保田万太郎宗匠以下、水原秋櫻子・富安風生・川口松太郎・宮田重雄・渋澤秀雄・五所平之助・堀内敬三らの集う俳句の会の名称という。その文章はまず、徳川夢声が遅れてやって来て「陶然として着席」し、百鬼園先生こと内田百閒と「自句の巧拙を論じ合った」とある。その次に、高田保が盛んにしゃべっている後ろで、久米正雄が「眉に唾をつけるふりをする」とスケッチしたあとに「けだし高田保氏の説く処、人をして事実談のごとく思わしむれども、往々氏の創作になる処多きが故なり」と解説を加えたのだ。

自分は「何を正直に話しても、本当かね、とやられる」と、保は嘘つきで片づけられるみじめさを訴えたあと、「創作」か「嘘」かという話の流れで、電車の中で耳にした菊池寛の噂話を紹介する。連れ添う細君に面と向かって、「今度生れ変って、も一度結婚するとしても、やっぱり僕は君を貰うよ」と言ったというエピソードだ。その乗客はこれに優る「家庭円満の呪文《じゅもん》」はない、「やっぱり創作家だけのことがある」と、やたらに感心し、おまけに、「これを聞いて悦ばない女は人間じゃないよ！」とまで言い放ったらしい。

そんな話を「窃《ぬす》み聞き」しながら、うちのやつは人間ではないのかもしれないと、保は思わず首を捻った。そんな創作を披露しようものなら、女房はきっと呆れて、ひどく落胆し、絶望の淵に沈んだような風情を見せながら、「だったら生れ変る楽みがないわよ！」などと言い返すにちがいない。

靴屋と文学者

高田保の『オール横丁』に「横丁の隠居」という短章があって、日本人の日本語が「ハカナク」なった話から入る。「オール横丁」というタイトルに「粋な外題《げだい》だ、とヤニ下っていたら」、「横丁」という語の通じない人がいるので驚く。「さては横丁の隠居を知らねえな」と言ってやろうと思ったが、今度は「隠居とは何のことだ」と言われかねない。そういう情けない実状に暗澹《あんたん》たる思いを抱いたのが、思わず出た「はかない」という評語だったのだろう。新内《しんない》や常磐津《ときわず》の「師匠」が軒並み「先生」となり、昔よく横丁に囲われていたらしい「お妾《めかけ》さん」も戦後はすっかり姿を消し、「万事表通り全盛、裏は花色木綿」と言っても何のことやら通じなくなった軽薄な世相を嘆いているのである。

落語の世界で横丁の隠居といえばたいていは雑学の大家だが、その横丁が消えて物識りの隠居も居心地が悪い。「市に隠るるの大賢」など、どこにいるのやら。かつてその市井に隠れた「市隠の随一」だった幸田露伴《こうだろはん》が歿《ぼっ》したとき、世間では「好太郎はん」が死んだと勘違いした人があったという。そこが市隠の市隠たる所以《ゆえん》だろう。この「横丁の大隠居」は、盗難保険会社の企画を書き残し、寿司の握り方やさいころの振り方まで心得ていたそうだから、とうてい「文士」などという狭い枠にはおさまらない。

その露伴、日清《にっしん》戦争後に、筆を折って製靴会社の社長になろうとしたら、新聞のゴシップ欄で「そも文学者と靴屋と何の因縁がある」とからかわれたらしい。すると、「文学者と靴屋」とするから妙な感じがするのであって、「靴屋と文学者」とすれば妙でも何でもないと一笑に付したそうだ。そこが日本語の表現の神秘なのだ。順番を逆にしただけで、たしかにそんな感じがする。妙に説得力のあるのが、かえっておかしい。この文豪の若き日の姿であり、すでに隠居の風格を感じる。

生死も遊戯の材

高田保の『青春虚実』に「系譜」という一文があり、祖父の逸話が語られる。旗本の三男坊として生まれ、家を飛び出して浅草観音の境内にある経堂の堂守《どうもり》をしていたようだ。が、「殊勝な出家遁世」とは縁がなく、恋文の代筆も手がけていたらしく、「吉原が近いところからその辺に巣を喰っていた」ものと保は推測している。幕府が瓦解すると、藩主の国許《くにもと》である土浦に、一家を挙げて移り住み、廃藩とともに煙草屋を開いたという。「先を見越しての機敏な商法」などではなく、すべて煙にするためと「洒落のめし」、その「思惑どおりまたたく間に煙にしてしまい、気楽な隠居生活に入った」そうだ。

晩年はよく保の母親に、どうも今日は具合がおかしいから、ひょっとするとお迎えが来るかもしれない、今夜あたりうまい物を食わせておかないと、あとで後悔するといけない、などと言ったそうだ。そのことばに乗って、祖父の好物を膳に添えると、ああうまかったとすべて食べ終わり、「こううまいところをみると、あと二、三日は生き延びるかな」と言う。それが癖だったらしい。

ある日、風呂に入りたいと言い出し、言われたままに湯を使わせると、「ああこれで湯灌《ゆかん》もすんだし、旅立ちの用意もできた」と笑って床に就き、「あくる朝にはそのまま静かにつめたくなっていた」という。床《とこ》の下に「蓮を見よ散りてもうかぶ花の舟」と書いた短冊があったが、この辞世の句はその死を予知して詠んだのではなく、正月に春夏秋冬の句を短冊に記し、それを季節に応じて寝床の下に挟んでおく、いわばカレンダーみたいなものだったらしい。「生死をも遊戯の材としていた」わけで、保はこの人の孫であることに「深い悦びを感じる」のである。

新聞連載の人気コラム『ブラリひょうたん』の「熱狂」という一文には、孫のそういう一面がのぞいているような気がする。

保が卒業するころ、早稲田大学の総長の椅子をめぐって、高田派と天野派が対立し、学園を二分する騒ぎとなっていたという。保のクラスがどちらにも与《くみ》することをしなかったら、政治経済科の猛者で結成された正義会という学生集団の代表が、天野派に賛成するように説得にやって来た。争点の中心は、学園内に当時の大隈重信学長の夫人綾子の銅像を建てるべきか否かという問題であった。高田派は学長夫人に追従し、天野派はその卑屈さを嘲笑う革新的粛正派だとするのが、大方の見方だったという。

その正統派の説得を受けながらも、高田保ら文科の学生は付和雷同せず、何と銅像の芸術性を主張したという。つまり、芸術的に優秀であれば「大隈綾子だろうと神楽坂の芸者だろうと、そんなことはどうでもいい」し、「非芸術的なものだったら、よしんば大隈学長のであってもご免を蒙りたい」というのである。

そもそも学園内のこんな騒ぎなど、どう見ても「粋」ではない。その点、この主張はすっきりとしている。そこには芸者も創立者もなく、すべては芸術的価値によってきまるのだから。保が鼻をうごめかさんばかりに得意げに語るこの文科学生の対応は、芸術も人間の遊戯の一つの形であることを思えば、そういう醜い世間を洒落のめしたとも言えないことはない。

そんな判断規準があったことに驚いたのか呆れたのか、連中は雄弁も忘れて「変な顔をして帰って」行ったらしい。「自分の学園内の出来事でありながら、すこしもそれに熱狂しなかった」のであり、「冷静というよりも冷淡」だったかもしれないが、少なくとも「無反省に熱狂して無批判に一方的となってしまうよりはいい」という判断だったようだ。

理性を有していたはずの人間が、その人間らしさを失い、正常な判断力の麻痺した「熱狂」の状態は、紛れもなく狂気であり、やがて凶暴化して戦争へと駆り立ててきた痛恨の歴史を知る保は、この文章を「昔の学生の方が自由で自主的だった」と締めくくった。

5　おでこで蠅をつかまえる◆尾崎一雄

赤ん坊の前にまず母親から

母二篇のうちの『母への不服』という文章は「肋膜で死にかかったが、死に物狂いの母の看護で命を取り止めた」という一文で始まる。そして、「ぐずぐず病んでいるのが厭で、このまま死ぬのもいいな、と思った」と続く。この作家、神官の家に生まれ、せっかちな性分となれば、いっそのことと思う瞬間があったとしても不思議ではない。しかし、そんなときに、死に物狂いで看病をする母の気持ちを思うと、自分だけの勝手は許されないとはっと気がつく。そういう瞬間的な気持ちの立ち直りを、作者は「弾かれたように私の心は端坐する」と書いた。己の非を悟り、思わず姿勢を正して坐り直す、というのだ。心がはっと目を覚ますさまを「弾かれたように」ととらえた比喩もぴたりとはまっている。投げやりな態度からいっぺんにしゃんとして、医者から「いい御病人です」とほめられたというから、何だか妙におかしい。

女房の芳枝が「金色の妙な恰好《かっこう》したもの」を突きつけて、まだ目が覚め切っていない主人公に『壊れてるし、あると歯が痛いから除《と》っちゃった」と呼びかける場面で『暢気眼鏡』は始まる。「これエ、要らないんだけど——どうする？」と差し出した指の先をよく見ると、入れ歯の金冠だ。貧乏暮らしのどん底にあって、自分の歯から外して金に換えようと考えたにちがいない。ざまを見ろと、男の甲斐性のなさをどつかれた気分だ。「これ自分で売りに行って、ドラ焼買おう」と無邪気に言う若い女房に呆れる。「二十やそこらの子供にいたわられては堪らぬ」と不愉快だが、「持前の単純暢気さから、金無くてむっとしている自分を喜ばせる気でやった事だろう」と思い直し、「可哀そうな奴だ」と考える余裕が出る。

そんな馬鹿なまねをして、いつ治せるというあてもないのに、と叱ってはみたものの、「もう片方のやつはこわれてないんだから、また俺の寝てる間に除ったりしちゃ駄目だぜ」とたしなめると、とたんに嬉しそうな顔をした。「貧乏し切って何も彼もなくなり、金歯を入質して米を買ったが、それを喰う段になり弱った」という笑い話を苦々しく思い出す。

そして、この小説は、芳枝の「明けっぱなしの笑顔」を見ながら、こんな奴をいじめて小説書いて何になると考え、案外「暢気眼鏡」などというものを掛けているのは芳枝よりも自分のほうかもしれないと、うすら笑いを浮かべる場面で終わる。

『芳兵衛』と題する小説も、「本名は芳枝、年は二十二の、身長五尺二寸に体重十四貫」と始まるその女房の物語である。「これが身体に似合わず大の臆病者」で、夜になってから天窓の綱がぶら下がっているのを見ると、首縊《くびくく》りの綱に見えて、自分が「あれで首縊ったらどうしよう」と両手で頸《くび》を抱える始末だ。

その女が、「階段の下の曲り角に隠れて」、主人公が二階から降りて来るのを待ちかまえていて、階段の下でふいに飛び出して「わッ」と脅かす。ところが、「なんだい」と平気で応じられると、脅かしたはずの当人が驚いて立ちすくむ。「他人をおどかしといて自分でビックリしていれば世話はない」と、火鉢のそばにどっかりと坐ると、ほんとにびっくりしたのに冷たいと、子供のように泣き声になる。

同じ作品にこうもある。この女は馬鹿なのではないかと思うときもあるが、肋膜炎にはなったものの「脳膜炎など患った事はない」し、「学課の方は案外成績がよかった」うえ、茶の湯、生花、琴なども心得がある。持って生まれた感性が「この世の習俗と云うものを受付けない」らしく、「今まで一体どんな育ち方を、生き方をして来たのかと不思議な気がする」。あるときは、隣の部屋で「わけのわからぬことを怒鳴りながら、どたばたやっている」ので、のぞいてみると、「太い腿《もも》まで出して出鱈目に踊ってい」て、「赤ん坊があっけらかんとした顔でそれを見上げている」。呆れて「何をやってるんだ。埃が立つじゃないか」と注意すると、「びっくりして不動の姿勢をとった」が、しばらくして「春だもの」と言う。赤ん坊をあやしていたのではないことは明らかで、生得の野性味だとしか思えない。

『燈火管制』でも天真爛漫に描かれている。「あたしは小説なんて嫌いだし、あなたの小説なんて尚《なお》面白くないや。しとの悪口ばっかり書いてるんだもの」と、自分を登場させる夫の小説に苦情を申し立てる。

知ってる人に会うとモデルとして恥ずかしいというのだ。主人公が「小説」というのは「早く云えば出鱈目な話と云う意味」だから、誰だって本当のことだとは思わないから安心しろ、恥ずかしいも何もないと、単純すぎる女房をなだめにかかる。すると、「たまにはとっても美人で善い子に書いてよ」と注文を出すので、書いてもいいけど、そこが小説だから、誰も本当にしないよと応じると、つまらなそうな顔をするから、まったく扱いに手を焼く。

『擬態』の芳枝も同様だ。いくら年が若いといっても二十一、たいがい子供の一人も産めばもう少し何とかなるはずだが、「赤ん坊が泣き止まぬと、自分迄情けなくなって泣き出して了う」。そうなると、主人公もほうってはおけないから、書きかけの原稿など投げ出して「赤ん坊をあやしにかかる」のだが、「先ず母親からなだめてかからねばならぬのには閉口する」という。読者は同情しながらも、あまりにも子供じみた母親に呆れ、どうしても笑ってしまう。

同じ作品にそんな夫婦のこんなやりとりもある。父親を早く亡くし、大勢の弟妹を抱えていたから、「恋愛なんかやっていられないと固く自分をいましめながら、やっぱりそれでは済まず」に「しくじりばかり重ねてきた」関係で、「妙にひねった生き方」となり、「君のような若い女を相手にして、対等のつき合い」がしにくくなっている。そんな身の上話を女房の前でくりひろげたあと、「今夜は大分触らぬ神に触ったが、大してたたりも無さそうだから」と前置きしてもう一言。「俺も君も見かけは同じ暢気者だが」と切り出し、君の方はそのとおりの暢気者と言っていいが、俺の場合は「暢気でいるこつを心得ている」とでも言うか、ちょっと違うんだと主張する。が、女房に「少し身びいきじゃない？」と手もなく一蹴される。

玄関で風呂をたてる

『玄関風呂』でも、その暢気者の女房の面目躍如たる一件が話の発端となる。用を済ませて帰宅すると、家内が待ちかまえたように、わけも話さずにいきなり「三円よこせ」と言う。何に要るのかと聞いても、「ものを買う」とか「とっても大きいもの」とか「中がガランドウ」だとか「蓋がある」とか「あたし一人じゃあとても持てない」とかとヒントを口走るだけで、いったい何を買うのか、肝腎のことはなかなか口を割らない。よくよく問い詰めてようやく風呂桶のことだと知れる。一軒置いた隣の家が引っ越すことになり、引越し先には風呂があるから、今の風呂桶が要らなくなるので、安く引き取ってくれないかという話が舞い込み、あんまり安いので即座に買う約束をしたのだという。

ところで、その風呂桶を一体どこに置くつもりだと聞くと、この家の中にそんな桶などの置き場のないことぐらい当然わかっているはずなのに、そう言われて場所のないことにようやく気づき、急に目が覚めたように頭を抱えて考え込む。むろん、買う前に風呂桶の据え場所を考えておくべきなのだが、ものの順序をわきまえないのが家内の癖だし、自分自身にもそういうところがないとは言えないので、さすがに呆れた亭主も、もうそれ以上追及する気が失せてしまう。

しかし、ほうっておくわけにもいかず、庭に小屋を建てようと思ったが、先立つものがない。やむをえず玄関の一坪のたたきに据えることにした。「火気の危険はなく水びたしを恐れる要もない」が、訪問客があると困る。あるとき、雑誌『早稲田文学』の用でやって来た谷崎精二に「玄関風呂ですか。風流ですな」と言われ、そんな風流なんてものじゃないんですとあわてて打ち消し、内心「いくらかふくれた」という。

あるとき、井伏鱒二に、「うちでは玄関で風呂をたてているよ」とその話をしたら、井伏は目を丸くして、「君とこの玄関は、随分たてつけがいいんだね」と言う。「これには、こっちがまた目を丸くした」らしい。井伏は「玄関をしめ切ってたたきに水をくみ込み湯を沸かすとでも思ったのだろう」と尾崎は解釈したのだが、「玄関で風呂をたてる」という日本語の表現は、たしかにそういう意味にもなりうるから、井伏の勝手な想像とばかりも言えない。たてつけのいい玄関に水を満たし外から沸かしているイメージを脳裏に描くと、漫画じみて滑稽だ。そんな風呂に人間は一体どうやって入るのだろうと考えると、それがまたおかしい。

現実の尾崎家では、気候が暖かくなるのを待って、風呂桶を庭に持ち出し、そこでたてることにしたらしい。少し酒を聞こし召してその桶につかると、「美しい星空で、降るような虫の音だ。初夏の夜の微風が、裸に快」く、「いい気持で鼻唄などどうたい出した」。そこにあいにく、お巡りさんが通りかかり、「野天風呂だね。風呂には囲いをした方がいいね」と一声掛けて行ってしまった。酔いも醒めて早々に風呂桶から飛び出し、二階に上がって窓から外を眺めると、あわてて蓋をし忘れたらしく、「月の光が風呂にさしこんでいる」。単に眺めているぶんには風流なのだが、あいにくわが家の風呂。ほうっておくわけにいかない。

『渋い面』に奇妙な光景が出てくる。主人公の緒方昌吉が、夜遅く、「牛込穴八幡脇にあるドミノと云うゆきつけの喫茶店」に立ち寄ろうとすると、「灯はついていながら扉は閉され、節子がそこのブラインドを降すために立って」いる。中に入れろ、明日にしてと、二人はガラス越しに押し問答したあと、昌吉が帰るそぶりを見せると、節子は「さよなら」と言って、笑顔も見せず、「唇を硝子戸に押しつけた」。ガラス越しに見ると、「少し厚いと思われる唇が硝子の向うで妙な形に崩れ、色はルージュを失って蒼白かった」。それを見て「戸惑いを感じた」が、すぐに「こら、なめるな」とあえて「冗談に受け」て「何気なくそこを離れた」。それは「相手をはぐらかすのか」、それとも、自分の気持ちをはぐらかすのか、両方混じっているのかもしれないが、ともかく「その場の空気をその儘《まま》では吸い込みたくない気持」だったという。

そんなことがあって二、三日後に店を訪ねた折、互いの気持ちには一切触れず、「こないだは、硝子の味どうでした」とからかうと、それがとんでもなく苦かったと言う。「苦いキスですか」と精神的な意味にもとれる言い方で応じてみるが、節子はそれには気がつかず、毎日のたばこの煙でやにが溜まっていて「唇が痛くなるほどブラシ」でこすったと説明する。緒方も「だから浮気はいけませんね」と冗談にして話を切ってしまう。

傑作は子供だけ

人間誰しも若いころは、自分の努力次第で何でもやれるような気がするし、また、やらなければこの世に生まれてきた甲斐がないと思う。ところが、『男児出生』には、「やってみせると力んでいたことは何一つ出来ず、これからのことも大体山は見えたと云う気持、夢破れ身破れた落莫たる気持に沈んでから、ふと子供の存在に気附いた」とある。実生活で子供に頼るのではなく、「自分は駄目だが、子供はなんとかなってくれるだろう」と夢を追う気持ちらしい。それは「じたばたともがいた末」に「残された最後の夢を、まだ小学校にもゆかぬ子供に托する敗残の心情なのだ」という。だから、「しがない親程子供を大事にする」と思っていたら、ある友人が「君の仕事のうちじゃあ、傑作はこれ一つだね」と子供を褒めた。ひどい言われようだが、「あんまり本当すぎる気がした」ので、心の奥深く随分応えたようだ。

『母からの小包』はこんな情けない話で始まる。主人公の駆けだし貧乏文士が二階で机にしがみついて悪戦苦闘していると、玄関のほうで「書留、書留」という声がした。その声を聞いて、どこの家か知らないが、書留とは羨ましいな、自分の所へもそんな金を「送ってくれる篤志家はないものか」と思って聞いていると、配達夫が大きな声で「お留守ですか、多木さん書留ですよ」と言う。飛び上がって「階段をドカドカと降りた」らしい。帰宅した女房に「うちじゃないと思ってなかなか出なかったんだ」とその一件を話し、「多木さん書留って随分大きな声を出したよ」と言うと、女房は「これから書留が来たときはなかなか出ないで、書留、書留ってさんざん呶鳴《どな》らしちゃおうか。宣伝価値随分あるわ」と笑う。

『子供漫談』に、その「子供の病気をだしに使った」話が載っている。年の暮れに子供が熱を出し、その熱がなかなか下がらない。暮れだから借金取りが押しかける。「大家氏以下十何人と云う人々の来訪」というのがそれだ。そこで、「生きるか死ぬかと云う病人を抱えて、いくら暮だからって勘定なんか払えますか。金は療養代にいくらあったって足りないほどだ。いくらか置いてってくれるような親切気のある人はないか」という意味のせりふを日に十何度か繰り返しているうちに、その「言葉は洗練され、それを聞く訪問者に多大の感銘(?)を与えた」ようで、奥にいる家内が思わず「うまい！」と叫びそうになって、「慌てて口を押えたほどだ」というから、おかしい。

『泥棒について』も貧乏話だ。泥棒を捕まえて金一封をせしめるよりも、「大立廻りを演じ、これをギュウギュウの目に逢わせてやりたいのが、本来の目的」で、待っているのに一向にやって来ない。そんな話を聞いて友人は、「君とこへ、何を取りに入るんだね。何にもありゃしないじゃないか。うっかりすると、泥棒の方でいくらか置いてかされるぐらいのところだ」と言う。「よその家へ泥棒が入るにもかかわらず、自宅だけ敬遠されて、ちっともその気が見えない」のは、「泥棒には泥棒の目があって、入って損するようなところへはやって来ないのであろう」と、いまいましがっていたら、とうとう入った。

妻が長女を寝かしつけながら自分も眠りに落ち、しばらくして気がつくと、便所の脇の「硝子戸を開けて誰か這入って来た様子」で、子供が目を覚まし「ヤイヤイヤイ」とその人物に「挨拶している」らしい。それで亭主が帰って来たものと思い込んだら、元の便所の脇から出て行ったので、「また出て行ったね。しょうがないお父ちゃんだねえ」と寝ぼけ顔で子供に話しかけたきり、本式に眠り込んだ。そこへ本物の亭主が帰って音を立てると、さすがの妻も目を覚まし、「さっきは、なぜ裏から出たり入ったりしたの？」と訊《き》く。亭主が「なんだって。おい、誰かそこから出入りしたのか」と真剣な顔付をするので、「愚妻にも事態が呑みこめたらしく、目を丸くして床に起き直った」とある。この細君、まさに面目躍如だ。

自分は「蚤」型？

『虫のいろいろ』は、作者が長い病気で寝ていた時期に、寝ながら自然に目や耳に入ってくる刺激をきっかけに、おのずと頭に浮かんでくる折々の人生観を、さりげなく綴ったささやかな心境小説である。最初に登場するのは晩秋の蜘蛛《くも》だ。ラジオからハイフェッツの演奏する「チゴイネル・ワイゼン」のレコードが鳴り出したので、考えごとを中断して派手なその旋律に耳を傾けていると、ぼんやり眺めていた八畳間の壁に何かがするすると出て来て、「いくらか弾みのついた恰好《かっこう》」で歩き回っている。よく見ると小ぶりの蜘蛛で、曲に合わせて踊るというほどはっきりとした動きではないが、何となく浮かれ出したようにも見える。牛なら「人間の音楽にそそられる」という話も聞くし、犬のそういうようすは自分で実際に見たことがあるが、蜘蛛に音楽がわかるとはにわかに信じがたい。曲が終わったらどうなるか、疑わしい目つきで注視していた。やがて曲が終わると、蜘蛛は「卒然と云った様子で、静止」し、するすると壁の隅に姿を消したという。作者はその印象を「しまった、というような、少してれたような、こそこそ逃げ出すというふうな様子だった」と、いくぶん遠慮ぎみに述べている。

その八畳間の縁側のはずれにある男便所の窓の「二枚の硝子戸の間に、一匹の蜘蛛が閉じ込められているのを発見した」こともある。一枚のガラスにへばりついているときに、誰かが知らずにもう一枚の硝子戸を開けたため、二枚のガラスの間に「幽閉」されることになったらしい。二枚の戸の枠が重なって逃げ場を失ったのだが、蜘蛛はまったく取り乱すこともなく、何日もの間じっとしていたという。西に面したその窓からは梅の木の向こうに大きく富士の姿が見える。ガラスにはりついた蜘蛛はちょうど「富士山の肩を斜めに踏んまえた形で」、いつも悠々としている。主人公のほうが根負けして「指先で硝子を弾くと」、仕方がないなという調子で「僅かに身じろぎをする」が、あがく姿を一度も見せない。

そのくせ、二か月近い「断食期間」のあと、家内がうっかり戸を一枚だけ動かしたためにちょっと隙ができると、「まるで待ちかまえていたよう」に逃走したらしい。その逃げ足の速さには妻も驚いたという。

曲芸の蚤太夫《のみだゆう》が蚤に芸を仕込む話もある。つかまえた蚤を小さな丸いガラスの玉の中に入れると、蚤は当然「得意の脚で跳ね廻る」。が、「周囲は鉄壁だ」から逃げられない。何度跳ねても無駄だとわかると、

「跳ねるということは間違っていた」と観念して、跳ぶのをやめる。そこで人間が玉の外から脅かすと本能的に跳ねるが、そういうことを繰り返しているうちに、いくら脅かされても蚤は跳ねなくなる。その段階まで到達すると、ガラスを割って自由の身になっても跳ねなくなる。「そこで初めて芸を習い、舞台に立たされる」のだという。そんな話を本で読んで憂鬱になっていたところに、東京から若い友人が見舞いがてら遊びに来た。早速その話を伝え、「もう一度跳ねてみたらどうかね、たった一度でいい」と蚤に言いたいと笑ったら、その最後のもう一度という試みを蚤としてはガラス玉の中でやってしまったのだろう、とその友人は言う。

そして、その反対の話を読んだと、蜂の話を持ち出した。「体重に比較して、飛ぶ力を持っていないはずの「何とか蜂」は、「翅《はね》の面積とか、空気を搏《う》つ振動数とか、いろんなデータを調べた挙句、力学的に」「飛行は不可能」という結論になるのに、「実際には平気で飛んでいる」という話で、「自分が飛べないことを知らないから飛べる」のだという。主人公は、「力学なるものの自己過信ということをちらと頭に浮べ」はしたが、「不可能を識《し》らぬから可能」という考え方に興味を覚え、「蚤の話による物憂さから幾分立直ることができた」らしい。

「来るか来ぬか判りもせぬ偶然を、静まり返って待ちつづけた蜘蛛、機会を逃さぬその素速さには、反感めいたものを感じながらも、見事だと思わされる」。一方、障害がすでに取り除かれているのに、持って生まれた跳躍力を自ら放棄してしまう蚤は、馬鹿で腑抜けだ。それに比べて、何とか蜂の「盲者蛇におじずの向う見ず」には驚くほかはない。一体自分はどれに似ているだろうと主人公の「私」は考えてみる。「蜘蛛のような冷静な、不屈なやり方」は「出来ればいいとも思うが、性に合わぬという気持がある」し、

「何がし蜂の向う見ずの自信には、とうてい及ばない」。結局、「馬鹿で腑抜けの蚤に、どこか私は似たところがあるかも知れない」というあたりで落ち着く。

最後が蠅《はえ》の話だ。額に蠅がとまったとき、特にそれを追い払うという意識もなく「眉をぐっとつり上げた」ら、額で騒ぎが起こった。「額に出来たしわが、蠅の足をしっかりとはさんでしまったのだ」。蠅が狼《ろう》狽《ばい》し、翅をばたばた動かしているらしい。そのまま額を動かさずに家族を呼ぶと、中学一年の長男が飛んで来たので、おでこの蠅をとるように言う。父親の顔を蠅たたきでひっぱたくわけにもいかず、長男が躊《ちゅう》躇《ちょ》していると、相手は逃げられないんだから手でとれると指示する。半信半疑で手を伸ばすと難なく指先でつまめた。

すかさず「どうだ、エライだろう、おでこで蠅をつかまえるなんて、誰にだって出来やしない、空前絶後の事件かも知れないぞ」と自慢げに言うと、長男は自分の額に皺を寄せて撫《な》でてみる。そこで作者は、「彼は十三、大柄で健康そのものだ。ロクにしわなんかよりはしない。私の額のしわは、もう深い。そして、額ばかりではない」と書く。そのあとに「首筋も」と続くか、「顔中」とか「身体中」とかと続くか、それとも「精神的なしわ」とでも続くのか、と読者が一瞬緊張すると、そこに空白を残したまま他の家族がやって来た場面へと転換してしまう。

母親も長女も次女もやって来て、長男の報告でみんなゲラゲラ笑いながら、自分の額を撫でるのを見た主人公が「もういい、あっちへ行け」とやや不機嫌に言うところで作品は終わる。この書き手はなぜここで不機嫌になったのだろう。お父さんはすごい、なにしろ額で蠅を捕まえたんだからと尊敬したような目で見ているが、虫の生態に人生を重ねながら書いてきたこの作家は、自分がまったく無意識にしたちょっとした額の動きによって、偶然にも生命の危険にさらされることとなった蝿の運命を考える。みんな何も知らずに無邪気に笑っているが、主人公は独りそういう生きものの理不尽な哀しみを思わずにはいられない。ちょっと静かにしてくれという気持ちだったと、のちに作者はその折の「不機嫌」の背後関係を語った。それは読者にとって思いがけないことだったかもしれない。

黙って入ろう

『美しい墓地からの眺め』は、主人公の緒方の家は遠い祖先から祖父の代までずっと神主だったのに、「墓地には仏式の墓石」が立っている、というところから始まる。幕府の宗門改めの関係で、「過去帳を預かって貰うため、檀那寺《だんなでら》を選ばねばならぬ」という事情があり、その神仏混淆の時期に建てたものらしい。「遠い昔から緒方家が代々田舎神主として仕えた古い神社」から西南に一町ほどの「台畠」にあるその墓地は、三方が開けて見晴らしがよく、富士山はもちろん足柄山、丹沢、箱根山から、酒匂川の堤防、東海道の松並木や真鶴岬、初島に、伊豆大島の三原山も見わたせる美しい眺めである。

「一等地ですよ」と緒方は自慢げに笑う。が、この墓地については苦い思いもないではない。墓地に続く五、六百坪の畑も自分の家の土地だったが、自分の代で「みんな売って飲んでしまった」からだ。墓地だけは売らなかったが、買い手がつかなかっただけのこと。叔父たちと墓参に行っても、「飲んでしまった」ことが腹にあるから、そのことにふれないよう、「なるべく無駄口を叩いたり」する。先方も何も言わないところを見ると、「こんな病人相手に、今更云ったって始まらぬ」という気持ちらしい。

「よく晴れた日の、風も穏やかな午後一時二時、という時刻」は、発作の起こる心配もなく、大きな声を出しても胸に響かず、息切れもしない「幸福の時」だ。「寝床から抜け出し縁側に出」て、「煙草に火をつけ、うらうらとした陽ざしの中へゆっくりと煙を上げる」。若葉を出し始めた庭木をしげしげと眺めながら、「俺は、今生きて、ここに、こうしている」という思いがこみあげ、「これ以上を求め得ぬ幸福感となって胸をしめつけるのだ」という。

そういうときに縁側から下駄をつっかけて、ゆっくりと墓地へと向かう。墓の周囲の「綺麗に手の入った植木」を眺めまわしては、このひねくれた老木の雄松は「見越の松にもってこいだ」などと苦笑したりする。そうして、「俺も、遠からず、ここの、この土の下にもぐり込むのだ」と思い、「自分がこの土の中に入った時のことを、あれこれと空想し始め」る。まったくの空想だから、「莫迦《ばか》莫迦しく、また面白かった」という。

もしも自分が渡世人暮らしだったら、「真っ平ごめんなすって」と挨拶し、「小腰をかがめかがめ、父の下座あたりへ遠慮がちに、ちょこんと坐るだろう」。思ってもみないそんな想像が湧いてくるのはさすが小説家だ。が、小説家は渡世人ではないから、先祖に対しそんな挨拶はまともではない。じゃあ、何と言って土の中へ入って行こうか。もう父より一つ年上になっているから、「ただ今」では子供っぽい。「やっぱり黙って入ろう。黙って入って、誰にともなく黙礼、それから何となく微笑しながら、ずっと見渡す」。想像はきりがない。そこへ「結構なお日よりで——お墓が綺麗になりやした」という声がして、はっと我に返る。ほっかむりの手拭をとりかけているのは昔の小作人だ。慌てて「やア、いい天気ですね」と応答し、緒方は相模灘に目をやる。「目の前の美しい海や山のたたずまいを、初めて見るもののように、しげしげと眺め入る」場面で、一編は閉じられる。

曰くつきの貸家

『痩せた雄鶏』にお尻の無い話が出てくる。肋間神経痛の緒方は「よく働かすのは、寝たまま、動かすことの出来る、手と口だけだった」から、腰から下はすっかり衰えて見るかげもない。風呂場で背中を流す妻や長女は「洗濯板」と言うし、風呂から上がった姿を見た次女は「お父ちゃんのお尻、無いよ。もとは有ったんだねえ」と驚くほどだ。勝手元で誰かと話していた妻が、運動ができないから脚なんかこんなに細くなってなどと説明したあと、「その細い脛を、家中でかじっているのかと思うと、いやになっちゃいます」と大声を出すのを、うつらうつら聞いていることもある。

隣家の雄鶏がめんどりとひよこを引きつれて悠然としているところに、鳥が突然すぐ近くの低空を飛び去った。その瞬間、「雄鶏は、けたたましい警戒の声を発し、自分は十分に身構えて、八方に目を配る」。めんどりはその雄鶏に寄り添い、ひよこはめんどりの腹の下にもぐりこんで声も立てない。まさに「一糸乱れぬ態勢」だ。相手は羽音と影だけではないか、何をそんなに気負い立つことがあるのだ、いささか馬鹿げていると、緒方は滑稽に思うが、誰かが脇から見ていたら、さしずめ自分なんかはきっとそんなふうに見えることだろう。何だかそんな気がする。

『なめくじ横丁』に、不思議に家賃の安い貸家を探す話が出てくる。世間に空き家はいくらでもあるが、何しろ手もと不如意の身、家賃の問題があっていきなり飛びつく気にはなれない。そこで「熱烈な祈願」として夢のような話をする。「世間なみの金を出さずに、これならという程度の家に入る」には、「曰くつきの家を捜すのが一番の方法」と考える。「化物が出る、幽霊が出る、そんな噂」が立って、誰も借り手がない。大家は閉口して、「黙って住んでくれたら、家賃は勿論ただの上に、相当の謝礼を出す」というような話はないかというのだ。「大家は、自分の持家の汚名を取り除いて貰いたい一心から、何かと機嫌をとる」ために、「酒好きときけば、菊正の一本ぐらい届けまいものでもない」などと、友人に勝手な条件を吹聴する。そうなれば、「ちびりちびりとやりながら、化物出て来いと待っている」ことになるが、「多分出ないだろう」と言ったあと、「出たら一寸ことだが」と続けるのがおかしい。

今時、そんな曰くつきの家なんかめったにないはずだが、話を聞いていた友人の檀一雄は上落合二丁目の横丁にあると言う。出る家かと念を押すと、出ないけれども家賃は安いと、その因縁の話を始めた。一棟二戸という真新しい家のうちの片方で、新築と同時に小商人《こあきんど》の妾《めかけ》が住んでいたが、隣に下宿していた学生と「人目を忍ぶ仲」となり、それが旦那に嗅ぎつけられて、気の小さい二人は鴨居《かもい》にぶら下がって心中したので、しばらくは借り手がないのだという。

飛びつきたい話だが、一つ難題があった。女房の芳枝が稀に見る大の臆病者で、薄暗くなって帰宅した緒方が玄関でなく縁側から黙って家に上がりこんだだけで、「縫物をしていた芳枝が、坐ったまま確かに五寸ほどは畳から飛び上り」、口をあっぷあっぷさせたほどだ。泥棒だと思い込んだらしい。小田原下曽我の尾崎邸訪問の折、誇張の例として「泥棒と思った拍子に、坐ったまま五寸も飛び上がる」というこの箇所を話題にすると、作者当人が「いや、ほんとに飛び上がったんですよ」と、空中浮揚の事実を目の前で保証した。

そういう芳枝を連れて「何喰わぬ顔で首縊りのあった家へ乗り込む」には「相当の決意を要する」。そこで芳枝には、檀一雄から聞いた話のうち「都合の悪い部分、即ち首縊りがあった、という点」だけ除いてあらまし伝え、うまくごまかして引っ越すことに成功する。これが、「天下無類の臆病者の女房を苦心惨憺瞞着《さんたんまんちゃく》し、さて化物屋敷へ乗り込もう」と一括する経緯の要約である。

この小説の終わりに夫婦間のこんなやりとりがある。宇野浩二、上林暁、檀一雄、外村繁と、みんな、亡くなった奥さんのことを書いて佳い小説にしていることに気づいた芳枝が、「あたしも死のうかな」と言い出す。「あたしが死ねば、あなただって、佳い小説書けるでしょう」と続けるので、「ばかやろ!」と一喝し、「君が死ぬには及ばんさ、その代りに、俺が死にそうなんだから」と言ってやると、芳枝は「あ、そうか。そんならその方が得だ」と応じて、二人で笑い出す。もう人柄である。

秋は悲しき

やはり、その芳枝を描いた『芳兵衛物語』で、芳枝は「好んで、幼時の思い出話をする」。いつも「父親は、庭の隅に置かれた桶に小用を足す」、その泡が不思議だったという。「ほんのちょっぴり茄子と胡瓜を自分で植えては育てて」いて、その肥やしにするのだが、「自分のおしっこでないといけないんだって。他人のは汚ないんだって」といった話もする。理屈には合わないが、父親のその気持ちは何となくよくわかる。

あるとき、どうして自分と一緒になる気になったのかと芳枝に聞いてみると、「別に、どうって——ただ」と言って、「ぼやッとしてたんですねえ、きっと」と続ける。さらに、風邪を引いてて「熱があるようで、頭が重かったわ」とまで言われ、この作品では多木と名のる主人公は「つまらぬことを訊《き》いたものだ、と後悔した」という。ここは人物の性格描写なのだろう。

『もぐら随筆』の中の「秋の色」という小品に、中学時代の国語の先生の話が出てくる。秋は悲しいとよく言うが、諸君はどうかと尋ねたらしい。すると同級生の一人が、そういう観念に誘われて悲しいような気がするのではないかと答えたところ、先生は自分は本当に悲しくてならないと言ったという。作者は年を取るにつれて「春の活力を喜び、秋の凋落を悲しむ」という人並みの気分がきざすようになったが、特に「春夏秋冬の移り変りのうちに、いろんな生物の生成と死滅とを見ること」が興味や関心の中心を占める、として独自の感懐を述べる。

そうして、「セミだのキリギリスだのという小さな生物の短い一生」も人間と似たようなものかもしれないと、ふと思う。「何億年前に消滅した星の発した光りが、依然として地球に向って走りつづけている」ことを思えば、ひと夏の命と五十年の命と何ほどの違いがあろうか。「人生朝露の如し」だからこそ貴重だとは思うが、「一日で死ぬカゲロウや、何日かで死ぬセミなどの一生は、余《よ》ほど充実した時間なのではあるまいか」。そんな気がするのだという。

病気は気が楽

『冬眠居随想』には小説の主人公の緒方のモデル、すなわちこの作家自身の人物を語るエピソードがある。「重篤な胃潰瘍で大量の吐血をし、命からがら郷里へ逃げかえって、爾来《じらい》病臥生活五、六年」。敗戦の前後で、その当時は簡単に手術してくれる病院もなく、自分にその費用がなかったこともあって、もっぱら食餌療法だったが、ろくに食うものもない。寒さは特にこたえるから、一月、二月は動かないことにしていたらしい。「動く」といっても原稿用紙に字を書くだけのことだが、仕事の件で訪問者があると、これから冬眠に入るところだ、蛇や蛙と同じで四月頃にならないと機能を回復しないと言って断ったらしい。敷きっぱなしの床に背を丸めて坐り、髭ぼうぼうの顔を見せて、歯の抜けた口から弱々しい声を出すと、出版関係の人は大抵それ以上言わないで帰って行くという。もともと怠け者だったから、昔は弁解の材料が見つからないといらいらしたものだが、今は病気だから、これが世間に通りのいい口実となって、実に気が楽だというのである。まったく人間、何が幸いするかわからない。

「その頃のある寒い日、湯たんぽを二つも抱えて寝床から首だけ出し」て、東京からやって来た「若い見舞客と無駄話を楽しんでいた」らしい。その折、「俳句でもつくろうと、木枯しや、なんて考えているうち、いつか眠って了う」と言ったら、俳句をなさるなら、ぜひ短冊に揮毫してくれと相手の注文を受け、やむなく「寝床に腹這いになって、この俳句と自称するものを、臆面もなくぬたくった」という。そこで「署名しようとして、ふと思いついて、冬眠と書いた」。とっさの思いつきで俳号に仕立てたのだ。

「冬眠宗匠ですか」と、その物好きな客は嬉しそうな顔をする。そこへ例の妻が「尾崎冬眠——語呂もいいですね」と口を出し、「だけど一年中冬眠ですか?」と言う。にわか冬眠が「春になったら春眠と改名してもいい」と答える。春眠暁を覚えずあたりが頭に浮かんだのだろう。ところが、「その次は永眠ですか」と、妻の軽口はおよそ容赦というものがない。「客はギョッとしたらしい」が、慣れているこの作家は「やられたね」と笑い、妻の一本勝ちとなる。

うん、もうこれで、いい

長編エッセイ『あの日この日』によると、昭和二十二年四月九日とその翌日、尾崎一雄の旧作『父祖の地』がNHKラジオで朗読されたらしい。「東京の陋巷《ろうこう》にあってなすこともない無名文学青年が、老いた母を独りそこに置く父祖の地に思いを馳《は》せる」作品だ。戦後間もないそのころは一雄の病のかなり重かった時期だったようだ。見舞いに来た太宰治が「尾崎は長いことはない」と触れまわったせいで、「見舞客が急にふえた」という。当人も「どうやら怪しいぞ、と半分あきらめ気分」だったそうだ。母親などは、「この齢になってお前に置いて行かれるなんて」と嘆いたほどだったらしい。

ところが、その母が「あッという間に去ってしまった」。孫を連れて歩きまわり、夕食に入浴と何の兆候もなかったのに、夜の九時ごろに脳溢血でひっくりかえった。当の急病人が「とうとう来たかな」とつぶやいたという。妻に命じて布団も敷布も「汚れのないものに換えさせ、それに横になって、三時間足らずののちはかなくなった」そうだ。「母としては会心の死に方だったろう」と尾崎は振り返る。放送の話がきまったのは、むろんその母の生前で、その前に「母が死ぬとは夢にも思っていなかった」という。母を思うその作品の朗読が、そのわずか四日後に電波に乗って全国に流れ、「はからずも追善放送になった」。そう考えると、作者としていくらか心慰められるところがあったという。まさにこの人生、何が起こるか、ほんとにわからない。

「ふらりと立寄った焼鳥屋」で、頑丈な若者と出会った。その酔っぱらった男が、「頭を使うといっても、文士なんか貧乏人が多いね」と言い出した。自分も一時は文学をやろうとしたこともあるとのことで、その若者はまだ世に知られていない早稲田界隈の同人雑誌作家の名前をよく知っている。その中に尾崎一雄という名前も出て来て、「あれの家を知っていますよ」と言い出したので、当人は内心うろたえながら、色にも出さず間延びした相づちを打つと、文房具の行商でその汚い家を訪ねると、「尾崎は留守で、女学生みたいな細君が出て来て」、非常に丁寧なおじぎをするので、「こっちも思わず丁寧なおじぎを」してしまって、「物売りであることを言いそびれてしまい」、「恐縮してすぐ飛び出した」という。

「戦争末期、そうして病気の最悪化直前に書いた三十枚の短篇を久しぶりで読み返してみると」、「厭戦・反戦」、よく発表できたと思うほど「非時局的」で、「人間・人生に於て最も大事なことはほかにある」という気持ちで書いてある。日記によると、そのころ「長女、長男の二人はすでに下曽我へ移って居り」、小説では「芳枝」となっている妻の松枝は、「末の圭子を連れたり連れなかったりで東京・下曽我間を往来」していたようだ。そして、昭和十九年八月二十九日の日記には、「昨夜胸部激痛。今日は終日横臥す」とあり、妻が下曽我に行く予定の日だが、不安なので明朝八時に帰宅できる一番列車で帰京せよと命じ、圭子を抱いて寝る、とある。

その翌日の朝、「煙草の行列買い」から帰宅して一服つける。それを一息吸ったとたんに目まいがして胸が苦しくなった。吐き気がして軒下へ首を突き出すと血、吐血か喀血かわからない。背中をさすってあげようかと寄って来る圭子に「血を見せまいとして片手で土をかけた」という。まだ幼い子供に親として今できる最大のいたわりだったのだろう。その間にも、身体は沈み、意識が朦朧《もうろう》とするなか、「八時まで、と自分を叱咤《しった》し」、何とかもちこたえたらしい。そのまさに八時、勢いよく玄関の扉が開いて、「ただいま！」という声が聞こえた。その「いつもかわらぬ元気のいい声を、どれほど待ったことか！」と、この作家にしては珍しく、ペン先から熱い思いの噴き上がる筆致でそう記した。

病人の口もとに耳をあてて、何とか発病の経過を聴き取ると、松枝は「私が来たからもう安心です。何も考えずに寝ていて下さい」と言って、ただちに活動を開始し、作者が自嘲ぎみに「ぼうふら横丁」と呼びならわすこの近所の主婦たちが手分けをして援軍に入る。発病から十日ばかり経ち、絶対安静を言い渡されていた時期も過ぎて、不自由なく口を利けるようになる。見舞いにやって来る友人も「なに大丈夫さ。お前さんのような業の深いのが、なんでやすやすと成仏できるものか」と笑えるまでに漕ぎつけた。そうして、半月後にはつかまり立ちができるようになり、一か月後には郷里へ帰ってもいいという医者の許しが出て、九月三十日にリヤカーに乗せられて、住み慣れたぼうふら横丁を後にする。

鶯谷、東京駅、国府津でつらい乗り換えを繰り返し、ようやく下曽我駅で下車。プラットフォームに降り立つと、西に箱根、足柄の連山、その向こうには富士の姿が見える。昔から見慣れているはずのその眺めが、この日ばかりは格別「心に沁みた」という。駅から家まで普通の人の脚なら歩いて八分の距離だが、妻の松枝と長女の一枝に支えられながらゆっくりと進む。途中、宗我神社の一の鳥居の下で一休み。そこから家まで約百五十米の上り坂だ。その三分の一ほど登った大きな門のある家の石垣に腰を掛けてまた休む。その場所から南を振り返ると、「鳥居をこえて、足柄平野、その端《はず》れの旧東海道にならぶ松並木、そして相模灘《さがみなだ》」が見え、右手には「箱根につづく伊豆の山から、その先に初島をくっつけて黒く突き出た真鶴岬」が望める。

病身をひきずりながら、ようやく自家のすぐ近くまでたどり着き、その見慣れた風景を目にしたとたん、「急に涙が出て来た」らしい。脇で腕を支えている松枝に「とうとう帰って来たな」とつぶやくように言う。「もう安心ですね」と松枝は多分笑顔を見せたのだろう。それにかぶせて「うん、もうこれで、いい」と尾崎一雄はもうひとこと添えた。そのあとに、「私は、もうこれで、死んでも、という気持ちだったが、そこまでは言わなかった」と作者は記している。

そうして、石垣から腰を上げ、「さア、もうひとといきだ」と、二人に支えられながら、また坂道を登り始める。そこに「自家《うち》の入口への石橋に立つ小さな母の姿が見えた」という一文をふわりと投げ捨て、フェードアウトのように作品は吸い込まれて姿を消す。

作家訪問の折にわざわざ所望して拝観した、『虫のいろいろ』ゆかりの便所の、蜘蛛幽閉の西窓から、あいにくの天気で梅林越しの富士の雄姿は望めなかった。用も足さず見学のみ済ませたあと、本題に立ち返って、作品の結びに対する意識を問うと、この作家は縁側の椅子で『あの日この日』を振り返りながら、たしかにこう語った。実はここを「フィナーレにしようと決めてて」、長編エッセイを書き始めるときから「文句も」考えてあった、この最後の一文を心に温めてあったと。

この率直な作者自身の声を、今でも何かにつけ、恵まれた貴重な時間とともに思い出すことがある。

6 風邪は背後から忍び寄る◆永井龍男

赤と黒

尾崎一雄は「永井龍男に関して」と副題のついた『若き日のこと』という随筆の中で、こんな思い出を書いている。『山繭』というそのころの有力な同人雑誌で小林秀雄らとともに注目していた永井龍男が、文藝春秋社に入って編集の仕事を始めてから、ほとんど小説を書かなくなった。それで、出雲橋の「はせ川」という店で顔を合わせた機会に、「やい、名前ばかり長いくせに、短いものしか書かないとはどうしたわけだ。この頃はその短いものも書かない。編集なんか止せ！」と、尾崎はそう毒づいたという。名前が「永井」だから長編が似つかわしいという珍妙な言いがかりだ。さすが「駄洒落の名人を以て任ずる永井も、苦笑するばかりだった」らしい。言い方は乱暴だが、期待するからこその厳しいこの親切、永井はきっと嬉しかったことだろう。事実、尾崎は、「永井は短篇の名人だよ。俺が怖いのはあの野郎だけだ」と誰彼となく言いふらしていたという。

尾崎の期待どおり、戦後の永井龍男は長編にも腕をふるったが、まずはごく初期の短編『活版屋の話』から紹介しよう。大正九年、著者十六歳の時に懸賞小説で二等になった作品のようだ。かなりの年輩の煙草屋の主人が、活版印刷の和文の植字工として勤めていたころの話をするという枠組みでできている短い小説だ。一日黙々と働いてもいくらにもならない仕事で、当然のこと貧乏暮らし。「三人の客に、茶碗として形のそろったものを三つ出す事が出来ないという有様」だ。それが五年間の無欠勤の褒美に年末に少しまとまった金が支給され、夫婦は四歳の息子を連れて、正月の寄席に出かけた。噺家が芝居話を始め、役者の真似をして見得を切ったり、客のつもりで「音羽屋」「成駒屋」と声を掛けたりするのを見ていた息子が、突然、「活版屋！」と大声を出した。寄席の観客がどっと笑うのが聞こえてくると、両親にはそれが職業を嘲る声に聞こえ、居たたまれなくなって途中で寄席を飛び出す。そんな生活観のにじみ出た、ほのぼのとした作品である。

その三年後に『文藝春秋』に発表した『黒い御飯』が、この作家の文壇的処女作とされる。小学校も卒業できずに工場に通っていた長兄が、その「工場の帰りにカバンを買って来て」、会社の「給仕に出ている二番目の兄がそれへ名前を書いてくれる」。そんな二つの文をプレリュードとして、一行アキにし、「母はいそいそした私の手を引いて小学校の門をくぐった」とこの短編は始まる。「私はきっと、次兄の着古した紺飛白《こんがすり》の縫い直したのを着、新しいごわごわの袴《はかま》と、新しいカバンと新しいぴかぴかする帽子をかぶって」と書いたあと、「しかし、傍《はた》の者から見た私の姿は、袴にはかれ、帽子にかぶられ、カバンに下げられていたに違いない」と、幼い作品には珍しく、他人の視点を仮設して、そこに映る自身の姿を想像する。そして、「きっとその日は好い天気であったろう」と、その晴れの日を自ら祝うのだ。

その初登校の日が近づくにつれて、母親は学校へ着て行く着物があまりに汚れているのが気になる。「次兄の古いかすりがあるが」、母親が、このままではひどいので縫い直そうかと言い出すと、父親がそれなら「それを染めてやる」と請け合って、「子供の着るものなんか、さっぱりしていさいすればなんでも好いんだ」と続けた。「狭い台所は、釜から登る湯気で白」く、父親がたすき姿で動いている。引き窓にはもう星が光って見える。「釜の中には黒い布と黒い湯とがにえたぎっている」。湯気の中の父は「鼻汁が髭を伝わ」り、手首も黒くなっている。

綺麗好きの母親が念入りに洗ったその釜で、翌日炊いた「御飯はうす黒かった」という。気がついた家族が「赤の御飯のかわりだね」と言ったらしい。めでたい日の赤飯になぞらえて、祝いの気分をもりあげようとしたのだろう。「私も「前途有望な少年」であったのだ！」という一文で、作者はこの小品を結んだ。

カチンと、快い音がして

『胡桃割り《くるみ》』は友人の絵描きが思い出を語るという設定になっている。自分が小学校の三年生の春に、母はちょっとした風邪がもとで床に就き、臥《ね》たり起きたり療養に出かけたりという生活が続いた。父はわが身を犠牲にしてまで「情愛を心の奥に秘めて」その看護に没頭した。そのころから、夜更けに「読書をしながら、胡桃をつまむのが癖になったようで」、自分が試験勉強のために起きていると、「静まり返った家の中で」、「父の部屋から胡桃を割る音」がよく聞こえて来た。そして、母はその「入学試験」が「終わって間もなく、不帰の客となった」。

父と姉と自分との三人の生活が始まって半年ほど経ったころ、姉に縁談が起こり、話はとんとん拍子に進んだ。「姉が一時に大人びて映り、まぶしく見える」こともあるが、「父と共々この家に取り残される淋しさ」に「胸を打たれる日もあった」。そんなある日曜日、姉が「相談があるの。鵠沼《くげぬま》の、桂おばさま、ね、知ってるでしょう?」と言い出した。母の遠縁にあたり、「母が逗子で療養している頃、つき切りに看護をしてくれた人」である。「あたしの代わりに、家へ来ていただいたらと思ったの。お父様に話したら、節雄が好ければ、っておっしゃるのよ」と姉は続けた。「みんな、自分を可愛がってくれる人は行ってしまって、お体裁に、代わりの人を置いてゆこうとしている」と思った節雄は、すかさず「僕、嫌だ」と答える。母も、この姉も、みんな自分から離れて行く、きっとそんな孤独感だったのだろう。「あたしがお嫁に行ってしまったら、お父様だって随分お困りになるし」と続ける姉に、節雄は「お父様は、勝手に旅行してればいいさ」と「すげなく云い切った」。

母の一周忌の前日、父が旅先の京都で注文した姉の着物が届いた。その晩、父が「一年なんて、たってしまえば早いもんだ」とつぶやき、「これで、お姉さんが嫁に行くと、また当分、ちょっと淋しいな」と言い出したが、「しかし、すぐまた馴《な》れるさ」と言って、ブランデーを口にふくむ。なぜかその瞬間、節雄の眼に「桂さんのおもかげ」が浮かび、あわてる。照れ隠しに「胡桃を一つ摘むと、クラッカーに挟んで片手で握りしめ」た。すると、「カチンと、快い音がして、胡桃は二つに綺麗に割れた」。その「胸のすくような感触」とともに、「お父さん、僕、桂さんに家へ来て貰いたいんだけど」という、自分でも思いがけない言葉が飛び出した。

それから長い年月を経た今、父も、亡き母以上に可愛がってくれたその桂さんも、すでにこの世にいない。それでも、「父の命日には、こうして胡桃を割ることにしているのだ」と絵描きは言って、「カチンと、巧みに胡桃を割り、その音をしみじみ懐かしむ」のだという。ほかの人とは音が違う、そう書いて永井は短編を閉じる。それは胡桃だって、割り方によって音は違うだろう。だが、その背後にこんな物語を絡ませる人間のいたずらが無性におかしい。

自分のお通夜

『花火』という短編は、どこかに連帯責任のようなものを引きずる親戚のと違って、友達の結婚式というものはからりとして楽しいというような話から始まる。さんざん見せつけておいて、「君、決して女房なんか貰うなよ」と言うと、独身男はたいてい降参する、そんな秘訣も披露される。また、「結婚は何度でも、本人の意志次第で出来る」が、いくら楽しい結婚式でも「二番煎じがきかない」という。「人生で楽しいもの、しかも二度目の効かないものは、結婚式とお通夜だ」という説が飛び出して、そこから話題は「お通夜」に移る。一人が「お通夜の方は、いくら楽しくっても、自分のやつには、出席出来ないじゃないか」と異論を唱えると、「だから叔父貴《おじき》は、自分のお通夜を、想像して楽しむんだそうだ」と受けて、それを具体的に説明する。これがまた、芸が細かい。

「酒呑み仲間や碁仇《ごがたき》、世話役は誰と誰で、誰と誰が管を巻いている」というふうにイメージを浮かべる。それで、「葬式なんぞは、どんなに質素でも文句はないが、お通夜だけは、賑やかにやってくれと、遺言までしてある」というから、読者は呆気《あっけ》に取られる。相手が「自分のお通夜に、出られるとすれば、なるほど、最後にして最大の、人生の面白さかも知れないね」と乗ってくると、一人は「君なんぞは、随分恨み文句を列べて、俺達を困らせそうだよ」とひやかし、他の一人は「そういうのが、世の中には沢山いるから、自分のお通夜には出席出来ないように、仏様達が法をきめたのさ」と、わかったようなことを言った。すると、誰かが、「ま、お望みなら、君達のは賑やかにやってやるから、安心して先きへ行き給え」と世話役を買って出たが、じゃあ、お言葉に甘えて、お先になどと、誰も誘いに乗って来ない。

のちの『酒徒交伝』でも、「通夜で呑む酒が一番うまい」と言い、「自分の通夜の晩をあれこれ想像して面白がって」いるのを、他人の話として紹介している。「あの晩棺の中から出て、この世とあの世の境目の酒の味を、親しい友人達と酌み交わし、それから心おきなく三途の川の方へ旅立ってみたい」と言い出し、「足もとの多少フラつく位は、青鬼や赤鬼も大目にみてくれる」などと想像をたくましくするのである。どちらもたわいない大人の戯れにすぎないが、いかにも人間らしいと、つくづく思う。

マッチがつく限り

世の中、誤解することはよくある。『そばやまで』に出てくる戸籍調べの巡査もその一つだ。「通勤生活を辞めなければならない事情」ができて、作者が売文生活に入ったばかりのころ、なにしろ住宅難の時期だから、「半坪そこそこの、玄関の沓《くつ》脱ぎに椅子テーブルを置」き、「出入口の硝子戸を半開き」にして、「用事の人には庭へ廻ってもらう貼り紙をし、簾《すだれ》をたらした」狭い場所で、ともかく原稿用紙に向かった。

ある日、そこへ若い巡査が家族構成などを調べにやって来て、「職業は、お勤めですか」と尋ねる。まだ堂々と作家とか小説家とかと名乗れる身分ではないので、照れくさそうに「著述業」と答えると、「ちょじゅつの、ちょ」はどんな漢字かと質問された。「草冠りに、者」と教えると、巡査は「著術」と記入した。むろん、「著述」の誤記だが、それをじっと見つめているうちに、何だか自分の「未熟な職業にふさわしい気もした」という。ここは謙遜にちがいないが、そんなちぐはぐな表記が、まだ一人前の物書きになっていない自分の執筆段階にむしろはまっているような錯覚を起こすことはありそうな気がする。

『まっすぐな釘』には「お巡りさんだって、泥棒に早変わりする世の中なんだから」と言って、「こら、怪しからんことを云うな」とたしなめられる場面が出てくる。ところが、それはほんとの話で、競輪の売り上げを何千万円も持ち逃げした。それから何日かして捕まると、「細々した買物が、全部手帳につけてあった」らしく、その間に遣った金がたったの何万円。捕まって泣いていたのは、盗みを後悔したからではなく、「あれだけのお金を持ちながら、お金の遣えない自分が、情無」かったのだろうと、バーのホステスはにらむ。

小品『マッチ』は、「もの堅そうな老紳士が、二十前と見える学生に、むかい合って席をとった」という一文で始まり、女客が学生の隣に坐り、夜行列車のそのボックスは三人だけで発車したと続く。参考書を広げていた学生が、「思い出したように、真新しいマッチ」を取り出して、「つくづくとそのレッテルに見入っ」ったが、やがてその一本を擦った。しかし、煙草を吸うようすはなく、燃えるのを見つめている。

それから二、三十分の間に、二十本近いマッチを同じように空費した。ついに見かねて老紳士が、マッチの大切さを「こんこんと説」くと、学生はそのことばを黙々と聞いている。やがて夜が明けて汽車が停まると、「旅行者らしい荷を、何も持たない学生」がその駅に降り立った。一眠りして目を覚ました老紳士に、「前の席の女客が、例の学生に託されたと云って、ノートのさいたのを手渡した」。その紙切れには、こんなことが走り書きしてあったという。

自分は「母が危篤との報をうけ、国へ帰る一高校生」だが、ご注意に感謝する。苦学生で、「往復の汽車賃と、パンとキャラメルを買うと、借りた金は残」らなかった。「イライラする気持をまぎらすつもり」で、「最後の金でマッチを買」って、「こすってマッチがつく限り、母は生きていると、心の中でカケをはじめた」。擦るたびに恐ろしく、あのとき「注意をうけて、ドキンとした」。そうして、「こんなことを記す必要はないのですが、書いていているうちは、気がまぎれるのです」と結んである。実に悲しい話なのだが、読者の心はこの善意のすれ違いに、思わずほどけるのである。

駄洒落のお返しはそっちで

『杉林そのほか』と題する短編小説は、癌で川崎の病院に入院していた同年輩の友人が死んで、弔辞を述べることになり、その下書きと称するものを披露して終わる。

「じゅんけいさん」と呼びかけて始まるのだが、それは本名ではない。筒井という姓だから、山崎の合戦の折に洞《ほら》ヶ峠で形勢を眺め、勝ちそうな豊臣秀吉側についたという俗説から、日和見主義者の代名詞となっている筒井順慶を連想してからかった、仲間うちの愛称を、こんなところにも使ったもの。場所柄をわきまえないと眉をひそめる人もありそうだが、形式ばらず親しみがあって、死者をも参列者をもほっとさせることだろう。

そして、「ほんとはおれたち、君がいなくなったとは信じていない」と始める。それが口先だけの慰めでない証拠に、「横須賀線の電車の中か、新橋駅のホーム辺りで、ひょっこり出会うもんだと信じている」と具体的なイメージを添えるのだ。そして、「ちょっとの間だけ、世間の人が云ってる通りにしておこう」とあくまで形だけの葬儀だと主張する。

そのあと、「威張ってみたり、恩着せがましい顔をしたことは一度もなかった」と人物を讃える際も、その前に「死んだから賞めるけど」と手の内をさらけ出すことで、追従という厭らしい感じを予防して、ざっくばらんな調子を通す。

次に、「君を苦しめた、癌という奴が憎い」けれども、今は「もう夜もぐっすり眠れるだろう」と精神的に思いやる。そのあと、「仏前へウイスキーを供えた。ぜひ一杯呑んでくれ」と、今度はいたわりの心を物質的に表現し、「君は仏さまということになっているのだから、ウイスキーも黒白にしたよ」と、おどけてみせる。そうして、「どうだ、洒落ではとうとうおれが勝ったろう」と挑発し、「まあ待て」と相手の反論をさえぎる形で、「おれたちだって、どうせそのうちそっちへ行くさ。駄洒落のお返しはそっちで聞く」と、やがて顔をそろえるあの世での予約を入れる。

「淋しくはないだろうな？　いや、淋しいのはおれたちだ」と、ちょっぴり本音をのぞかせるものの、あくまで人を食った感じの、この風変わりな弔辞は、「もう、どこも痛くないなんて、実際うらやましいぞ」と呼びかけて結ばれる。どこまでもぶしつけな調子ながら、仲間への熱い思いのみなぎる忘れがたい一通の送辞となっている。送る側か、送られる側かは問わず、読者はいつかは自分もという気分に誘われることだろう。

尼寺の火事

思いがけないところで意外な発見をすると、おかしくなることがある。『襟巻』に尼寺の火事が出てくる。なにしろ、「男の人は禁制」というわけで、塀には鉄条網を張りめぐらしてあるぐらいだから、煙突掃除など雇うはずもない。一年以上も掃除をしていない煙突は詰まってくるから、前々から火の粉が飛んだにちがいないが、「尼さん方は、みんなおっとりしてい」るから気がつかない。それがある日、その火の粉が飛んで茅葺《かやぶき》屋根に燃えついた。

お寺の敷地は広く、尼さんたちは俗界とは交わらないから、必要がないといって火の用心の見まわりにも参加せず、「道が暗くて不用心だから、街燈を点けるようにお願いに行っ」ても、「われわれは夜分外出しないから、その必要はない」と取り合わない。そういう別世界だから、塀の外で火事だといって騒いでいるのに、肝腎の尼寺の中では「静かにお祈りをして」いるというありさまで、「消防自動車の来るまでに、ボーッと燃え上がって」しまった。その「火事の温かみ」で、お屋敷の梅が「みんな一遍に咲き」出したらしい。それは「よい匂い」だったが、「なんだか、とてもあわれ」に感じられたという。感覚と感情との微妙な交差が読者にも自然に伝わってくる。

『紅い紐』では、「雨樋は、やっぱり銅に限るな」という親方の声が聞こえる。誰かが「保《も》ちはいいし、色がいいからね」と応じると、親方は「雨の音が違う」と言って、その説明を始める。ひどい夕立が来て、ふと気がつくと、「雨樋が鳴っている」。「祭りの囃子《はやし》」のように、「大太鼓と小太鼓を遠くで聞いてるような音だが、もっと深みがあって、いい音色だった」という。あくまで実用上の雨樋が、このような音楽的な効果を奏することもあるらしい。

『日向と日陰』には、「ところで、関君が死んだよ」と「さりげなく、山の夕焼けでも指し示す調子で告げた」という一文が出たあと、「とにかく、本人に死ぬというつもりは、さらにない。それがある日、忽《こつ》然《ぜん》とこの世を去る。若さというものは、いいもんだな」というせりふが現れて、読者はどきりとする。

『粗朶《そだ》の海』には、七十歳ぐらいになると「否応なく人間の一生を振り返る」とあり、「若い時運に恵まれて、後年淋しく終わった人もあれば、老後にいたって思わぬ好運を得た人もあり、人さまざまだが、幸せであったか否かは本人に聞いてみなければ分かるまい」とある。そして、もう一つ、「氏より育ち」という一見さりげないことばが、「鋭い観察をよく冷酷に云ってのけたものだ」と感に堪え、「ある人物の性行を評した言葉としては、冷酷である」という言及にもはっとする。

自身が「貧しい家に生まれて、育ちの悪さにまみれたところが、いつまで経っても身にまつわりついている」ことを気にしているせいか、この言い方が格別辛辣《しんらつ》に響き、随分と応えるらしい。作者は「初めてこの言葉を使った人の顔を、見たいと思うほど」だとし、「まつわりついて離れぬある人物のゆがみを、ごくさりげなく見抜いた上で、冷たく呟いている顔である」と書いている。よくまあ、こんな想像ができるものだと、読んでいておかしくなる。何の根拠もないが、その顔、具体的には、眼がぎょろっとして鼻が横に広がり、色の悪い厚い唇の、いかつく角ばった面立ちだろうか。少し違うかもしれない。

ずばり『棺』と題した短編に、「社内の冠婚葬祭にはなくてはならぬ人間」というのが出て来て、その要領が語られる。とかく「気骨の折れることの多い葬儀」では、「故人への追慕の情を、ある程度は親身で受け入れ、ある程度は強気に裁断するコツを心得」ておく必要があるという。そのへんを手際よくこなすので、「おれの時も、この調子で頼むよ」などと冗談半分に予約しようとする者もある。

以前にその直属の上司だった元部長は、若い人には「七十過ぎの爺さんの気持はわからないだろうが」と前置きして、例えば畳替えをする場合、ひそかに「これがおれの一生の最後の畳替かな」と考えてしまう。そんなとき、夜中に目を覚まして、畳のいい匂いがしてくると、新しい畳というものとも「これでお別れかな」と思う。それは「未練」とは違って、「風のような感想」だと言う。

その男が二月ばかり前に、若干後輩にあたる派手好きの男の葬儀の際、あまりに立派なその棺を見て、とっさに「おれは棺の代わりに風呂桶を新調しよう」と、思っただけでなく、実際に「早速注文した」というから、おかしい。棺桶と風呂桶、どちらも桶という共通点はあるが、それぞれ用途がまるで違う。それなのに「代わり」と考えるその発想が滑稽なのである。しかし、板の厚い立派な「檜の角風呂」で、「いい香り」だと、当人は自慢だ。おそらくこれも、畳替えと同じく、人生最後の贅沢という心境に近いのだろう。

『ホテルの鏡』は、「どこへ行っても、ホテルの部屋には鏡が多い」と書き出される。どうしてこんなに多いのか不思議でならない。そういえば、そのとおりだ。たしかに、仕事を離れてのんびりしようとやって来た客にとっては、「何十年となく見飽きた顔」を「いやおうなく突きつけられるのは不愉快千万」かもしれない。「こんなに老人臭くなったとか、爺むさい恰好だとか、そんな感想を抱いた時期はとうに過ぎ」た客でも、そんなふうに「自分と同室している時間のうるささが、我慢ならなくなってくる」らしく、鏡の中の自分に向かって、「これからひげを剃ってやるから、たまには一人で、どっかへ出かけたらどうだ」と声に出して「云ってやることもある」という。すると、「鏡の中の奴」は、「年寄りは、それだからいけない」と応じ、「お前さんの顔や、洋服姿はこの通り」だから、「行く先き先き」で、「年甲斐のない行動や、さし出口を慎みなさい」などと、「遠慮会釈なく、そいつは云い放つ」。そこで、「たまには、ちょっと笑顔を見せたらどうだ、いつもいつも憎まれ口をきいて」と鏡の相手を「にらみ返す」そうだから、どっちもどっちである。

少し夜が更けてからホテルに戻ると、明るくすれば相手が待ってましたとばかり何人も顔を出すので、最小限の明かりで洗面台の鏡と対面する。例によって「早速あいつが、話しかけてくる」。「酔っていると見込んで、言葉の端々を柔らかく、怒鳴られまいと多少気を遣っているらしい」が、それは最初だけで、あなたの裸は「痩せてるなんてもんじゃ」なく、「骸骨と似たりよったり」なんだから、「朝バスに入って、浴室から裸のまま」明るいところへ出て行くと、「どの鏡だって迷惑千万」、「老醜もいいところ」で、「朝の光線にさらす代物じゃあない」と露骨に言って、夜の入浴を奨める。

仕方なくバスをつかって、出るとすぐにベッドの毛布にもぐりこんだ。酔っている、酔っていないと、頭の中で言い合っているうちに、なぜか「かんじんよりで作った手細工物の骸骨を思い出し」、もうろうとしながら、その「手足がゆらゆらする、せいぜい十センチ足らずの真白な骸骨」に、「仲間を呼んでこい」と命じたらしく、「お呼びですかと云わんばかりの愛嬌のよさ」で、「頭の中を舞台に、ゆらりゆらりと踊ってまわり出した」のをよく見ると、その中にどうやら自分も加わっているらしい。「変な安心感が生まれ」、踊っているうちにいつか眠りの中に沈んでゆく。この「安心感」というのが、実によくわかるし、「変な」という形容もまさにそのとおりだ。こういう感覚が読者に通じるところが妙におかしい。

深謀遠慮

長編『コチャバンバ行き』にこんな世間話が出てくる。弁護士上がりの隠居に事あるごとにしてやられている隣の婆さんが、なんとか仇をとりたい一心で小犬を飼い、ジンと名づけた。これが深謀遠慮。隣の隠居の名前が甚太郎なのを利用し、腹いせにそれを呼び捨てにしてあてつけようというのだ。が、「ジンや御飯だよ」とか「ジンいけませんよ」とかと言う程度では、相手がなかなか気がつかないので張り合いがない。

そこで今度はジンタまでとることにして、「ジンタ、お前はなんて馬鹿なんだ」とか、「ジンタだろう、また垣根をこわしたのは」などと、「庭へ出て聞こえよがしにやり出した」から、隠居は当然カンカンになってどなりこんで来た。婆さんは「百年の溜飲が一度におりた気がした」が、素知らぬ顔で、「おやあなた様は甚太郎とおっしゃいましたか。ちっとも存じませんで」ととぼけ、「女ばかりで無用心だからと、犬を連れてきた甥が、賑やかな名前の方がいいだろうと、楽隊のジンタから思いついた名でございます。楽隊とあなた様と、なにか関係がございますでしょうか」と慇懃《いんぎん》な物言いで応じた。

この話の語り手が、「こういう時の婆さんというものは、完璧にずうずうしいもので」、「相手が腹を立てるほどやり甲斐を感じる」と説明する、その「完璧」と「ずうずうしい」との異例の結びつきもおかしい。

酔余の水

『暖かい冬』という随筆に、天の恵みか今年の冬は暖かく、一月には鎌倉市内の梅が開き、「二月初旬には鶯の声を聞いた」とある。二月に入ってからいくぶん寒さが戻り、「女房に、炭の質をほめるような日も幾日かあった」という。炭の質をほめるなどという季節感の表明は、今では遠い記憶のかなたに消えた。そういう冷える夜半に、枕元に置いてある「鉄瓶の水の、その冷たい口から直かに含むうまさを、しみじみ感じる」ともある。

こういう水の味わいは、昔でも心身ともに酒を愛する上戸にしてはじめて知る瞬時の極楽だったのだろう。「水の味は、寒気のきびしい夜半にかぎる」と、上戸のこの作家は判定し、「味が濃く、きめは細かに、とろりとあまい」と絶讃する。「酔いざめの水の根本は、厳寒の夜に、鉄瓶の口から直かに呑む甘露の味にある」と断言し、「この細かい水の味わいを知るために、なんと今夜も愚かしく呑み過したことよと寝返りをうち、今さらに生命をいつくしむのである」と感慨に浸る。むろん酒を飲んでいる間は、夜中の一杯の水のためだなどと考えてはいない。何のためなどと考えては酒がまずくなる。要するに、酒が旨く、その後の水も旨いという幸福の連鎖なのだろう。

そうして、「ここ数日の深夜の水を、今年は久し振りに、しみじみ」味わうのだが、「この水の密度が、鉄瓶と合わなくなり、俗に云う花が咲いたように荒く、舌に感じるようになれば、間違いなく春が来ている」と感じとる季節感など、もう名人芸と言うほかはない。

色っぽい風邪

『背中から』という随筆で、永井龍男は古来の風邪に関する蘊蓄《うんちく》を傾ける。「年をとると、鼻孔の粘膜が弱くなって、ちょっと温度が下がったり」すると、とたんにくしゃみが出やすくなる。それも二度や三度ではおさまらず続けざまに出ることも少なくない。読者も妙に納得したりする。俗にくしゃみが続けて出ると誰かが自分の噂をしているなどと言うが、「噂というよりは、蔭口といった意味が強い」というあたりでは、まさにそのとおりだと思う。金田一春彦の著書などを援用しつつ語る「くしゃみ」の語源もそういう蘊蓄の一つ。ハクションの音から出た形と思いやすいが、まじないとして「糞くらえ」という意味の「糞はめ」と唱えたところから出たものらしい。江戸時代には「お染風邪」ということばもあったらしく、これは「お染久松」の「お染」が実際に罹《かか》った風邪というのではなく、「お染のような年ごろの娘の間に流行した風邪という意味の、色っぽい名前だった」という。たしかに「スペイン風邪」などより色気を感じさせる名づけなのがおかしい。

「風邪というやつは、前向きの体から引くものではない」という卓説が登場する。これは作家永井龍男の信念らしい。「どんな冷たい風に吹きつけられても、前からならば防ぎ切れる」し、「鼻を覆うなり、襟を巻くなりして耐えられるが、風邪は人間の背後から忍び寄って、いつの間にかその体に住みつくらしい」という、経験をもとにしたとがんばる推論も、なかなか説得力に富む。「前から吹きつける寒風は、人間を油断させる手段で、そっちへ注意を向けて置いて背中からこっそりとりつく」、この作家は大まじめでそう書いている。

人間に後ろからとりつくというこのイメージは、まさに死神の連想であり、事実、「風邪という奴は、人間の世界を食い詰めて歩くすれっからしだから、死神の真似なんかも、平気でやって見せるかも知れない」と想像をたくましくする。だから風邪というものは「引くのではなく、隙をねらっておぶさってくるのだ」という展開になるのだが、そのイメージを「想像してみる」などと慎ましく結ばず、生真面目な表情で、「察しをつけている」というふうに事実に肉薄する勢いをみせるのである。

最後に、お多福風邪にかかり、「うとうと続きで、浅い夢をいくつか、ちぎれちぎれに見て」いた子供のころを振り返り、夕方に目を覚ますときの侘《わび》しさを語る。「窓の障子からいつの間にか日差しが去り、西日がほんの僅か物干し竿とか、洗濯物の足袋の影を残して」、やがて「夕闇が迫る」ころ、そこここに豆腐屋のラッパが聞こえる。「昼のうちうとうとし続ける」ので、夜は眠れず、「家中安眠している」夜中に「たった一人眼を覚ましている」のはつらく、「新聞配達の足音が聞こえてくると、ああ夜が明けると、ほっとする」。

そういう幼時の回想で終わるのだが、そこにこんな添え書きがある。まず、「作り話のようだが、あと二枚書けばというところで、うまうまと風邪の神にしてやられた」、何だか「返り討ちに逢ったようなもので口惜しい」と鬱憤を吐き棄てる。そのあと、寒けがして寝ていたら、そんなお多福風邪の昔を思い出したのだという事情説明をはさんで、「今夜は節分である。風邪の鬼をやっつけてやる」と結んである。枯れきれない老作家の童心を見る思いがして、読んでいて、おのずと口もとがほころびる。

Ⅲ 井伏一隅

井伏鱒二・小沼丹・庄野潤三

7　したたりの基本の正しい音 ◆ 井伏鱒二

鯉わずらい

「あの井伏があんたによくしゃべったね、将棋や釣りの話なら別だけど」と、雑誌連載の作家訪問の井伏インタビューを読んだ永井龍男が後に呆れたほど、あの日、自分の文章について、井伏鱒二は丸顔で雄弁に語った。初対面のその折も、しばらくはインタビュアーの視線を外してぼそぼそ言っていたこの作家は、奥様が紅茶とアップルパイを運んで来たあたりから、そんなはれぼったい雰囲気はようやく薄れ、いつかあの井伏ワールドに入っていた。小説か随筆か区別の難しい作品が多いところから、そのジャンル意識を問うと、そりゃ原稿料の差だとはぐらかす。人見知りのひどい赤ん坊のように、まともに向き合うまでに時間のかかる人柄なのだ。選りに選ってその井伏が「はにかみの文学」と評した永井龍男に、鎌倉雪ノ下のお宅を訪ねた折、そうおっしゃる井伏さんのほうには、はにかみが無いんでしょうかと尋ねると、即座に「大有りですよ」と言って、嬉しそうに目を輝かせた。

初期の短編『鯉』は、表面的には、題名どおり鯉の処遇の物語だ。作中の「私」は学生時代に青木南八という親友から「真白い一ぴきの大きな鯉」をもらい、きっと大事にすると誓って、下宿先の中庭にある瓢簞池に放つが、その後、素人下宿に移ることとなった。だが、あいにくその家には池がない。そこで、やむなく南八の愛人宅、つまり恋人の家の池に預かってもらう。その際も、もてあまして手放すのではなく、「魚の所有権は必ず私の方にある」ことを力説して、あくまで贈り主の心を立てる。

ところが、「それから六年目の初夏、青木南八は死去した」。肝腎の青木が亡くなれば、「私」とその「愛人」とのつながりは切れたも同然で、鯉を預かってもらえるような間柄ではない。そこで、返してもらおうと釣り上げたまではよかったが、その鯉の持って行き場のあてがない。万策尽きて「早稲田大学のプールに放った」。

それから、「私」のプール通いが始まるが、人が飛び込む間は、「深く沈んでいて」水面にまったく姿を見せない。ひょっとして水底で死んでいるのではないかと、だんだん不安になってきたある日、ついに「私の白色の鯉が、まことにめざましくプールの水面近くを泳ぎまわっている」のを発見する。しかも、そのあとには、「幾ひきもの鮒《ふな》と幾十ぴきもの鮠《はや》と目高とが」従っていて、その鯉がひときわ堂々と見える。あたかも王者の如きわが鯉の雄姿を目の当たりにして、「私」はその「すばらしい光景に感動のあまり涙を流」すのである。

井伏文学の愛読者となるためには、何がしかの年季が要る。作中で「私の白色の鯉」「私の所有にかかる鯉」と作者がしきりに繰り返すのはなぜか。そのへんをしっかりとおさえないと、こんな状況で涙まで流す主人公の挙動が理解できないだろう。作品の中に、今は亡き友への感謝の気持ちも、その死を悼む心さえ、あからさまな言葉としては出て来ない。表向き作者は一言も語らないが、「私」はその鯉をとおして、あまりに若くして逝った親友を偲んでいるのである。この鯉をめぐる一連の騒動は、青木南八に捧げるとぼけた顔の鎮魂歌なのである。

生命の重量

『炭鉱地帯病院』は「病理解剖室の解剖台の上」に「少女の裸体が仰向けに置いて」ある場面で始まる。「女中奉公に来た娘」が「その家の主人に手ごめにされ」、その際に「背骨が砕けるほど痛かった」というので、ドクトル・ケーテーが「脊椎の骨髄炎」と診断して手術をしたが、術後に「肺炎を起して、膿胸を起し、惨憺《さんたん》たる苦しみのうちに死んで」しまった、その死体である。

医師のケーテーは、この事件は「社会的問題であるから是非とも訴えろ」と言って、「訴訟用の診断書も無料でつくって」くれたが、娘の父親は訴えるとは言わない。いかなる場合も喧嘩をすることを好まないし、「まして自分が勝利を得ることの明らかな喧嘩」は自分の「唾棄するところ」だからだという。それはもちろん、「裁判沙汰によって娘が生きてかえるもの」なら、「相手の犯罪者のみでなくドクトル・ケーテーさんをも一しょに訴えて」やりたいと言い、「ケーテーさんは」「罪人にはならないから」と言い添える。たしかに、パーフェクトゲームは潔しとしないという親父さんの気概がこもっている。

ドクトルの言うところによれば、「人間の生命というものは恰《あたか》もぐるぐる廻っている独楽《こま》の虹模様」にすぎなく、その少女の場合、「脈搏が絶えると」体重が五匁《もんめ》減ったから、「生命の目方はわずか五匁」という計算になるらしい。人間の生命が「たった五匁」という「そんなに軽い目方」だからこそ、「嬉しいことを感受できる」ことに感謝すべきだというのである。読んでいて、何だか心も軽くなるような気がする。自分の命の重さを計量できるなどとは思ってもみなかった読者は、わけもわからず唖然とする。そしてやはり、そういう頼りない命だからこそ人生は貴重なのだと思うかもしれない。

事件には癖がある

井伏鱒二という作家は突拍子もないことを思いつく。読んだ瞬間、そんな馬鹿なことがと思いつつも、それを論理的にはっきりと否定できないまま、つい読者は笑ってしまう。その好例として、まず『文章其他』から入ろう。「自分が破産したと自覚した日の夜から、急に青春時代のように性慾が盛んになってしまった」という五十歳の婦人の滑稽で悲痛な告白から始まる。破産と性欲とがどう関連するのか、あるいは単なる偶然か、およそ読者には見当もつかないが、そうかといって、軽々にそういうことはあり得ないと断定するわけにもいかない。

同じ作品に、「女の容貌とか肉体に対しては相当に鑑識眼のある人でも、文章に対しては全然鑑識の低劣な人がある」とし、「統計的に云ってみれば、そういう人は概して酒を飲まない」と展開する箇所も出てくる。これも、女性美を鑑定する能力と、文学的な鑑賞力とがどう関係するのかは未解決の問題であり、また、それらが飲酒の習慣やその酒量とはたして何らかの関連があるのかどうかも疑問だが、そのような調査結果は事実に反するとまで主張する根拠も見当たらない。

『埋憂記』では、「夜更けというものは、私達に誓ったり約束させたりしがち」だとし、「これは気圧の関係による」とさらりと流してしまう。この場合も、人間が何かを誓ったり、誰かと固い約束を交わしたりすることは、日常茶飯の平常心を保っている時よりも、『吾輩は猫である』で漱石が「逆上」という語を拡大解釈したような、ある種の緊張状態にある時に起こりやすいだろう。とすれば、爽やかな早朝やのどかな春の昼下がりや真夏の夕凪の時刻などに比べれば、たしかに夜更けのほうが起こりやすいのかもしれない。とはいえ、それが高気圧や低気圧とどう関係するかはまるっきり不明だし、そもそも気圧などと関連がありそうには思えない。それでも読者は、そんなことは気圧なんかと何の関係もない、と積極的に主張できるほどの理屈が思いつかない。

『集金旅行』のコマツさんは、「神経衰弱の強度なもの」で、「脳膜がすっかりしびれているために、ひどく腹を立てて自棄《やけ》になってしまわなくてはしびれた脳膜に神経が通じない」という勝手な理屈を持ち出し、「自棄を起しているときだけ割合に筋の立つことを思いつく」という奇妙な現象を説明する。この例なら、脳膜と神経との問題の部分は医学的に論破できそうだが、日ごろはちゃめちゃなことばかり言っているくせに、何かに興奮すると意外にまともな理屈をこねる人というものは、たしかに存在するような気がする。この説明もどこかもっともらしいところが感じられて一笑に付すわけにもいかず、読者は曖昧な微笑を浮かべるほかはない。

『多甚古村』の巡査の駐在日記には、「ぱったりと事件が起らなくなったと思うと、また続々と発生して、それも同じ系統の事件が続発することがある」と書いてある。事件など、種類や大きさごとに一定の間隔で起こるほうがむしろ不自然で、かえってわざとらしく感じるから、本来そんなふうにむらがあるほうが普通なのだ。新聞記事などでも、大きな火災や強盗事件や、あるいはテロやら違法献金やら特殊な詐欺事件やらが、気のせいかそれぞれ続発するように感じた経験は誰しもあるだろう。この駐在日記では、さらに、「町の交番で往還の人通りを見ながら」、「人の出盛りに人通りがぱったり止まってしまう瞬間と、妙に若い女ばかり通る瞬間があった」とか、「何の事件も起らない日が二日も三日も続くかと思うと、とるに足りない小さな事件が重なりあって発生することがある」とかという記述が続く。そのような現象なり思い過ごしなりを、井伏はこの巡査に「事件というものは何だか癖を持っているような気持がする」と一括させた。

何しろ、のちの『荻窪風土記』の関東大震災のくだりで、「お濠《ほり》の水がすっかり乾上がって、人のむくろがそこかしこに散らばっていた」という見るも無残な現実を見つめながら、「目に見える限り、女はすべて仰向けになっている。男はすべて俯伏せになっている」という奇妙な事実を見とどける異能の作家である。そもそも事件などというものは、大小、種類、場所その他、どの点でも満遍なく起こるはずはない。その偶然による自然な偏りを「癖」などととらえる作者の人間味の溢れた発想が、読者にはたまらなくおかしいのだ。

以上の例はいずれも、そういう事実自体もそれに関する理屈もそのまま信じることはできないが、さりとてそれを論理的に否定し去ることも容易ではない。一読してまさに人知の及ばぬ不思議の出現にとまどいながら、読者はそこに人間という奇妙な存在を味わい、例によっては時にその奥にひそむ哀しみを思うことになる。

自分を騙す

『おこまさん』は甲府から富士吉田までを走るバスの車掌だ。ラジオで「遊覧バス女車掌の名所案内」という放送を聞いて、自分もやりたくなり、その文案を「バスのなかに忘れものをして行った東京の小説家」井川権二に依頼した。いよいよ名所案内つきのバスの運行がきまり、井川も招かれて乗り込んだが、途中、いきなり飛び出した子供をよけようと運転手の園田が急ハンドルを切ったため、バスは「路肩から転がり落ちそうになって」停車した。静かに乗客を降ろしたあと、「石崖の端の石が一つ崩れ落ち、バスの車輪がそれにのめりこんだ」ため、バスは麦畑に転落し、そのあおりで車掌のおこまさんも怪我をした。

バスの走行中の事故でなく停止してから落ちたとなると保険金が出ないので、会社側はエンジンを壊し、窓ガラスを割って、「進行中に墜落」したように見せろと運転手に命じる。さもないと車掌の治療費も出さないと言い張る始末だ。運転手から相談を受けた井川は、この際、事実とは違う証言をせざるをえないと言う。運転手が偽証罪はよほど悪質かと心配げに問うと、井川は「バスが進行中に落ちたと思うことだ。そう思ってしまえば、なんのこともない」と知恵をつけ、「ほんとのところ、バスは進行中に落ちたかもしれないからね。いや、たしかに進行中に落ちたようだ。厳密に云えば、徐行中に落ちたんだ」と、気持ちが少しでも楽になるように園田を誘導する。

これは虚と実の間を縫うような言い方だ。そういう区別をうやむやにしてしまう、この作家の体質的な思考法がここにも色濃く現れていて、ああ、これが井伏ワールドだと、読者はきっと笑いをもらすだろう。

車体も整備され、おこまさんの怪我も癒えて、いよいよ再運転するその日、二人は記念に井川を招待しようとする。おこまさんが「もうせんあの人、あたしが説明していると、目に涙を浮かべてたわ」と言うと、園田が「そりゃ、自分のつくった校歌のようなものだものな。それを人が暗誦してくれるから、感きわまったんだろう」と応じる。

自作の朗読に耳を傾けるときの面映さ、くすぐったさを思えば、人間の心理としてそんなふうに感涙のこみあげる場面も想像できなくはない。それにしても、自分の書いた名所案内の文案が朗読されるのを聞いて感きわまるこの井川権二という男、不思議なことに、作者の井伏鱒二と名前が半分同じで、ともに東京杉並区在住ということになっている。

容態急変し恢復

『本日休診』に「参勤交代の電話」ということばが出てきて、読者は眉に唾をつける。隔日や三日おきの往診だとか一週間ごとの往診だとか、往診にも定期的なものがある。「月に一回往診する邸宅」は「豪勢な構え」だ。患家の主婦は病気ではなく、手術といっても「美容衛生上の手当」てにすぎないから、医者としては「往診というよりも出張」という感じに近い。当人の生理的事情に関連するため、前日に知らせてくることになっており、医院側ではそれを「参勤交代の電話」と呼びならわしているのだ。

時には、監房にいる女が「下腹部の苦痛を訴え」たとかで警察から診察を頼まれることもある。「どこにも苦痛を訴えるほどの疾患」のないことを告げると、女は「腹の痛む真似は止め」て「膨れ面」をする。そんなときは「もし容態が急変したとすれば、それは恢復《かいふく》したのと同じことだと思えばいい」と伝えて、早々に帰って来る。

『丑寅爺《うしとら》さん』は、「種牛を曳いて近所の村々を歴訪して、さかりのついた牝牛《めうし》のいる家で種つけをして歩」くのが仕事だ。せがれが「我家で実の親父が牛に尾籠な振舞をさせるのは、承知できぬ」と「毛ぎらい」するので、先方に出張することにしている。親父が「種牛屋というものは、決してお女郎屋のようなものではない」、むしろ「お医者に近い商売だ」といくら説得しても、せがれは聞く耳を持たない。

『上脇進の口述』に、明治大学の校歌の作詞を手がけた児玉花外に関するエピソードがいろいろ出てくる。そのうちの一つに、居酒屋で勘定が足りなくなって、詩稿か何かをもとに出版社から金を借りる話がある。「袂《たもと》から取出したくしゃくしゃの鼻紙に、やはり袂から取出した禿《ち》びた鉛筆」の「先を舐《な》めながら苦吟のていで書いた」その紙切れを、上脇に渡して、「これを講談社に持って行って、金を貰っておいで」と言ったらしい。ところが、「酔っぱらって、くしゃくしゃの紙に書いて」あるので、上脇も「キングの編輯長《へんしゅうちょう》」も何が書いてあるのかよく読めない。翌日、書いた当人に読んでもらおうとその紙切れを差し出したが、自分でも判読できず、「酔って書いたものは、酔ってないと読めない」と花外は言う。

そして、焼酎を持って来させ、それを「コップに三杯か四杯飲むと鼻紙の字をすらすら読めた」という。これを目の当たりにして「酒仙」と崇《あが》めると、本人は「ただの飲んべえさ」と平然と言ってのけたらしい。こうなると、酔って書いた字は酔わないと読めないという冗談めいた法則も、一笑に付するわけには行かなくなる。

その後、「尾羽打ち枯らしている」花外を元気づけようと、室生犀星たちが夏に日比谷の松本楼で還暦祝賀会を開いたが、その年の冬に花外は入院し、「アルコール中毒で寝たきりの患者」となった。そして、翌年、物療科の患者たちが「児玉花外を養老院へ送る壮行会を催した」。明大音楽部の学生も集まり、吹奏楽団が「白雲なびく駿河台」を演奏したが、花外は「酒の気がないので気の毒なほど元気がな」く、涙を浮かべていたらしい。最後に作者は、一説に「そのときピアニシモで吹奏した」ともいうが、「それが真説かどうかは僕の保証する限りでない」として作品を閉じた。このあたりのやりとりも、わかったような、わからないような、虚実皮膜の井伏流のとぼけたうやむや表現がおかしい。

朽木三助氏逝去の経緯

森鷗外の没後に、井伏鱒二は一文を草し、『森鷗外氏に詫びる件』と題して一九三一年の七月、東京朝日新聞に発表した。その文章をのちに『悪戯《いたずら》』と改題し、随筆として筑摩書房の全集に収めた。それによると、井伏の中学時代に鷗外は当時の大阪毎日新聞に『伊澤蘭軒』と題する伝記を連載中だったようだ。「教室で綴方の時間」に、「ななめ後の席にいた森政保という生徒」がその新聞の切抜きを見せ、材料を示したうえで、「一つ反駁《はんばく》文を書いてくれないか」とそそのかしたらしい。若くして病死した福山藩主阿部正弘を惜しむあまり、地元の人々は、その政敵である井伊直弼《なおすけ》に依頼された阿部家の侍医伊澤蘭軒が倅《せがれ》に命じて毒を盛らせた結果だと信じ込み、そういう巷説《こうせつ》として流れているのを論拠にして、井伏少年は朽木三助というペンネームを用いて、東京団子坂の森林太郎すなわち鷗外に宛てて、史実に反するという抗議の文をしたためたようだ。

岩波書店の『鷗外全集』の第八巻に、朽木氏から届いたというその候文の手紙が載っているところからも、この文通事件は井伏の創作ではなく、どうやら事実だったと考えられる。実際、「鷗外から返事が来た」らしく、その文字について「様」の木扁が大きかったと、井伏の随筆にある。内容も、蘭軒すなわち「伊澤辞安は阿部正弘が病没するよりも十八年前に死んでいる」し、倅の良安も正弘病没の五年前に死んでおり、また、伊澤父子が井伊家の居城のある彦根にいたことはないというところまで調べてあり、その毒殺は不可能だと立証してあったという。

返事が来たことを知ると、森政保はその手紙を自分に「よこせといった」が、「東京の人から手紙をもらったのは最初のことなので、手紙は手ばなすことができない」と断った。すると、それではもう一通書け、そして、その返事を自分にくれとせがんだことになっている。しかし、伊澤蘭軒の悪だくみとする巷説は完全に論破されており、もう反論する材料がない。そこで、今度はペンネームを捨てて自分の名前を用い、書体まで変えて、「朽木三助氏は博士の返事が着くと間もなく逝去された」という「虚報」を書き送った。すると、またしても「謹んで朽木三助氏の死をいたみ」と始まる丁重な返信があったという。とぼけた井伏の悪戯に、生真面目な性格の鷗外が「まんまと一ぱいくわされ」た逸話である。と同時に、それはまた、事実と虚構をないまぜる小説家井伏鱒二の誕生を告げる一件でもあった。

ところが、この一件、大筋において歴史的な事実と見てよいが、細部まで井伏の随筆のとおりだったかどうかはわからない。随筆によれば、最初の手紙を読んだ鷗外は、それを作中で、「筆跡は老人なるが如く、文章に真率なる所がある」と評したが、そこに引用してある朽木氏の手紙はすっかり書き改めてあるという。まだ中学生だった自分にあんな立派な候文の手紙が書けたはずはないというのだ。鷗外は井伏の文章を取り上げてくれた最初の文壇人だが、早い話が、「全面的に自分で書きなおした候文を、自分で真率なところがあると批評しているわけで、私の候文を批評したことにはならないのである」と、井伏は鷗外をからかうような調子で、その随筆を結んでいる。

真相はまさに藪の中だが、中学時代の自分の文章が文豪の鷗外に賞讃されたなどという晴れがましい事実をそのまま誇らしげに書いたのでは自慢話になってしまう。虚実をないまぜる井伏文学を考えても、この作家はひとひねりもせずに手柄話ができるような人間ではない。自分の下手な手紙文を、鷗外が勝手にみごとな候文に「全面的に書きなおした」というような逸話の部分は、含羞の作家、井伏の大仰なはにかみの表現であったと思われてならない。

お地蔵様の握飯

随筆にも人間の複雑な心理がよく描かれる。『土』に善福寺池から荻窪の川南、東中野の駅近く、小滝橋の下を通って下落合、江戸川公園の関口大滝に出て飯田橋の「どんどん」に注ぐ川の話が出る。東京駅の駅長をしていた人が「買いたてのオートバイで走っていてオートバイもろとも大滝に落ちて逝《な》くなった」のをはじめとして、この滝では「たくさんの人が水死した」という。井伏が早稲田鶴巻町の下宿に住んでいたころ、同宿の学生が「大滝の投身者を救助して、同じ死ぬなら水のきれいなところで死ぬべきだと忠告した」らしい。死ねなかった人間がそんなことを言われてどう思ったかは知らないが、言ったほうは「同じ死ぬなら貨物列車よりも一二等特急で轢死《れきし》した方がいい」という考えの持ち主だったようだ。死に場所を吟味する余裕があるほどなら、自殺に走ることもなさそうだが、そういう気持ちはまんざらわからないでもない。

『肩車』は井伏が「六つのときに亡くなった」父親を偲ぶ短い随筆だ。「顔かたちだけでなく、後姿の恰好や感じなども覚えている」が、「どうしても思い出せないのは声」だったようだ。それが、ある春の夜、夢の中で声をかけられ、「その声を想像することができた」という。「麦畑のそばに立っていると、父がやって来て肩車してくれるという他愛ない夢」で、「しばらくだったね。どれどれ、久しぶりに俺が肩車してやろうかね」と言われたらしい。それは「遠くきこえるラジオの音響のような声」でもあり、また、「私自身の声にも似ているよう」でもあったという。自分で見る夢だから、そのせりふを自分の声で言う感じなのかもしれない。また、大人になった今では肩車などできる体ではないが、夢だから「都合よく小さな子供に変じていた」というのも、当然のことながら読んでいておかしくなる。

肩車をしてもらって眺める風景、「青麦の畑が遠くまで続き、山のいただきに大木の梢の枯れたのが見えた」とき、「膝に一陣の風が」あたり、とたんに「その夢は消えて目がさめた」らしい。夢の中で、「落ちたらあぶないと思って、父の頭によく摑まろうとした」ことを覚えている。「肩車してもらっている子供というものは、半ば笑い出しそうに半ば真面目くさった顔をしている」とあるが、そういえば何だかそんな気もする。井伏は夢の中で自分に話しかけてきた父のせりふを「繰り返し暗誦した」という。それも、思い出せないでいた父親の声を夢で聞いた、その感動をなんとかとどめておきたい一心のことだったかもしれない。

『鶏肋集』に広島高等師範附属中学の入学試験に失敗したことが記されている。兄は「大ばかものだと云って、それは心底からなさけなさそうに気難しい顔」をし、祖父は「無事で広島に行って来ることだけでもたいしたものだ」と言い、「母は黙っていた」という。広島に出発する朝、その母は当人には内証《ないしょ》で道ばたの「お地蔵さまに握飯をそなえてくれた」。その当人ががっかりして帰って来てみると、かちかちに「固くなった飯つぶがまだお地蔵さまの台石に」残っており、十日たっても二十日たってもまだ残っていたそうだ。お地蔵さまの前の広場で陣取り遊びをするときに、その握飯から目を背けるようにして駈けまわっていたという。失敗した子供が、母親の願いに応えられなかった申しわけなさ、情けなさを嚙みしめながら、それでも無邪気に遊びまわってみせる。そういう一途な思いが伝わってきて、おかしみの底で読者もつらい気分に誘われるだろう。

同じ作品に、早世した親友の思い出を語る一節もある。井伏が「学校に行くのを嫌って朝寝をしている」と、青木南八は休み時間を使って起こしに来る。欠席する日をねらって訪ねて来る習慣になっていたと井伏には思えたらしい。「どうしても厭やで学校へ行きたくない」日は、一計を案じて、「前もって枕もとに原稿用紙の書きかけを撒き散らしてお」く。そうすると、「原稿を書くことに絶大な敬意を表し、これを神聖な作業だと思ってい」る南八は、「おや徹夜で書いたんだね。凄《すご》い凄い」と「満足しながら引きあげて行く」のだという。相手の親切な思いやりを無視し、親友をだましてまで怠けようとするひどい仕打ちだ。たしかに、弁解の余地はない。だが、ここで井伏は、その鮮やかな手並みを自慢しているわけでは決してないし、逆にその自らの仕打ちを後悔しているのでもない。おそらく相手に詫びているのでもあるまい。ただ、ひたすら、今は亡き親友を激しく思い出しているのだろう。ここは、あえてこのような些《さ》末《まつ》な事柄をとりあげ、それを笑うかたちで、こみあげる自らの涙を隠す、あの井伏文学おなじみの手法の一例と考えるのが自然だろう。

グッドバイの波紋

井伏文学のファンらしい津島修治のちの太宰治から、一度お目にかかりたいという手紙が届き、井伏が無視していたら、会ってくれなければ死んでやるという脅迫めいた嘆願書が舞い込み、やむなく当時の勤め先であった出版社の二階で面会したという。これが初対面。それ以後、二人の親密な師弟関係、交友関係は長く続いたが、戦後の太宰は流行作家となり、次第に井伏の干渉が煩わしくなったらしく、自ら遠ざかって相手の悪口まで言う関係に心変わりしたようだ。一方、井伏のほうは疎遠になってからも常に太宰の様子を気づかい、太宰が山崎富栄という女の道連れとして玉川上水に身を投げた後も、相手を思う心がいささかも衰えなかったようである。

世に言うその情死事件の直後に書かれた『太宰君のこと』という随筆によると、当時の太宰にはいつも取り巻きが何人もいて、二人だけで話す機会がほとんどなかったらしい。喀血したとか大酒を飲んでいるとかという噂を耳にしては心配になり、少し酒を控えるようにと自重を促す手紙を再三送っても返事がなかったという。その後、暮れにまた喀血したという噂を聞いたら、元日に当の太宰自身がやって来て、「あんな噂はみんなデマだ、人はデマばかり弄して迷惑させられる」と言ったらしい。が、井伏は「全部それを信じるわけにも行かなかった」と書いている。それほどに危険な雰囲気を感じたのだろう。

以前、太宰は「盲腸の手術を受け、医者が絆創膏をはがすつど、痛い痛い、藪医者、と叫んだ」らしい。その声が戸外にもれては困るので、医者は必要以上にパントポンの注射をした。その結果、太宰は中毒に陥り、注射液を手に入れるために方々から借金するほど、一時は惨憺たる状態だったようだ。そんな時期、「手紙では抽象的な愚痴を」述べ、面と向かえば反対のことばを弄して「照れくささを消していた」と、井伏はこの随筆に記した。

葬儀のあとになって、太宰と最後まで親密にしていた編集者が井伏に、太宰さんが自分に『グッドバイ』の筋書きを話してくれたと言い、「或る一人の男がいろんな女との交渉を断って、行きつけの店にも仕事部屋にも行かないことにして、生活を一新する。行きづまりの生活にグッドバイする」という話だったという。そして、今まで親切にしてくれた君たちにもグッドバイするが、気を悪くしないでくれと言ったあと、これは小説の筋だが、自分もそうしたいと一言添えたというのである。

以前は「書くために生きる」と自分の前で断言したことのある太宰治が、こんなふうに「四十歳で自分の生涯を閉じた」ことが、井伏には無念でならない。はらわたの煮えくり返るほどの悔しさだったろう。「どんなにいい小説でも百点満点ということはあり得ない。それなのに、小説のために生きるという人間が自殺するとは生意気である」と書きながら、井伏はきっと痛恨の思いを嚙みしめていたにちがいない。これが人生であると考えると、そういう悲惨な現実の奥に、自分の思いどおりには生きられない人間の愚かさと哀しみが感じられ、読者には深いおかしみとなって広がってゆくような気がする。

放屁の文学的価値

井伏は『亡友』と題する随筆の冒頭で、太宰治の『富嶽百景』にまつわる後日談を披露する。この小説に作者自身を思わせる「私」と、実名で登場する「井伏氏」とが、滞在先の御坂峠から三ツ峠の頂上をめざして山を登る場面が出てくる。「私には登山服の持ち合せがなく、ドテラ姿」で、そのうえ「茶屋の老爺から借りたゴム底の地下足袋」をはいたちぐはぐな恰好なのを気にしながら、ともかく頂上に着いたものの、「急に濃い霧が吹き流れて来て」、パノラマ台という「断崖の縁《へり》に立って」も、まったく「眺望がきかない」。太宰はそこに「井伏氏は、濃い霧の底、岩に腰をおろし、ゆっくり煙草を吸いながら、放屁なされた」という一文を配し、「いかにもつまらなそうであった」と書き添えた。

『亡友』は、この一件をめぐる二人のやりとりから始まる。太宰作品を読んだ井伏は、「三ツ峠の頂上で、私が浮かぬ顔をしながら放屁した」とあるのは、「読物としては風情ありげなことかもしれないが、事実無根である」と、きっぱりと否定する。これは個人的な見解ではなく、事実、その証人がいるとして、あのときに近くにいたという新内の竹下康久という人から手紙が来て、「自分は貴下が実際に三ツ峠の嶺《みね》に於て放屁されたとは思わない」し、「友人もまたそう云っている」ので、「太宰氏に厳重取消しを要求されるように切望する」と書いてある旨、折から井伏家を訪ねて来た太宰に伝えたという。この手紙の一件が井伏の創作でなく、もし事実であれば、太宰の小説を読んでおやっと思い、井伏に伝えたということらしい。

ところが、太宰はあっさりと引っ込まない。自分が嘘なんか書くはずはないし、音が耳に聞こえたのだから、「たしかに放屁なさいました」と言い張る。その「なさいました」という太宰のことば遣いを、井伏は随筆で「話をユーモラスに加工して見せるために使う敬語」だと解説してみせる。それでも太宰は「たしかに、なさいましたね。いや、一つだけでなくて、二つなさいました。微かになさいました」と、どこまでも頑張り、おまけに、「山小屋の髯のじいさんも、くすっと笑いました」と、こちらも証人を用意する。井伏はそれを「出まかせ」と断定し、「三ツ峠の髯のじいさんは当時八十何歳で耳が聾であった。その耳に、微かな屁の音などきこえるわけがない」と論拠を示す。

そうはいうものの、相手があまりにしつこく自説を主張するので、そのうち「自分では否定しながらも、ときには実際に放屁したと思うようにさえなった」と書いている。物的証拠はなく、証人も当てにならないとすれば、事の真偽を究明することはもはや絶望的に困難である。ただし、太宰が今後は作品の中で二度と井伏という実名を使わないと誓う、井伏宛の詫び状を書いたというのは事実だから、その点から推測するなら、この放屁場面は、太宰の美意識から作家として譲ることのできない文学的フィクションであったと考えるのが自然だろう。

水かけ論

『点滴』は小説だろうか、随筆だろうか。太宰治という固有名詞を出さず、「私の友人」などと小説めかして書いたが、太宰と過ごした帰らぬ日常の些事をいくぶんおどけて綴った随筆と見ることもできよう。「川の音も　水の音」と始まる誰かの詩を引用し、谷川の水音や岩清水の雫の音にふれつつ、風流に書き出しているが、話題の中心はそんな風流などとはおよそ無縁な生活の雑音、パッキングがばかになって、水道の蛇口から、止めてもしたたり落ちるだらしない音である。

一般に、水のしたたる音というものは、いったいどの程度の間隔で落ちると耳に心地よく響くのだろう。「甲府に疎開していた或る友人は、一分間に四十滴ぐらいの雫が垂れるのを理想としていたよう」だが、自分は十五滴ぐらいのしたたりを美的に感じ、その点で感覚にかなりの差があったという。どうしてそんなことがわかるかというと、甲府の梅ケ枝という宿屋で一緒に夕飯を食べる折に観察した結果らしい。帳場の脇にある洗面所の水道の栓が緩んでいて、よほどきつく締めないと、栓から漏れる水が洗面器に響くのだという。

「この音をきくまいとすれば雑音であるが、耳をすましてきくと岩清水の垂れ落ちる爽やかな音」にも感じられ、「いずれにしても無関心ではいられない」。友人のほうも関心を持ったようだが、口に出して言うことを照れて、素知らぬ顔をしている。「彼の書く小説の表現を真似て云えば、そんな茶人めいたことを、したりげに云って見せるのは、ちゃちな、恥ずかしい、くだらん趣味に属する」ことになるのだろう。「私」も対話中その話題には一切ふれない。

そのくせ、彼は、「手洗いに立つたびに水道栓をいつも同じぐらいの締めかたにして、したり顔で座に引返」す。しかも、「洗面器に一ぱい水をためておき、水道栓から垂れる雫が、よく響くような仕掛」にして来る。テンポが速すぎて落ち着かず、相手にさとられないよう、しばらく経ってから「手洗いに立って行って音の緩急を訂正した」という。

それから幾日かして、また同じ場所で彼に会うと、明らかに「対立を意識している」ようで、誰かがだらしなく締めて行くと、彼は手洗いに立つついでに、自分の好みに合わせて「ちゃぼ、ちゃぼ、ちゃぼ」という「悪い音にした」。とても聞くに堪えず、「何という依怙地《いこじ》な男だろうと私はすぐ立って行って、「ちょッぽん、ちょッぽん」と聞こえる「もはやこれがしたたりの基本の音だと心にきめた」響きに訂正したとある。

大の大人、それも文豪とも呼ばれるこの二人の作家が、こんなふうに、つまらないことで意地を張り合う光景を想像し、ほとんど幼稚な子供に近いふるまいに読者はまず呆れる。しかも、相手の好みを認めずに「悪い音」ときめつけ、自分の美意識に適う響きだけを勝手に「したたりの基本の音」などと称する横暴な態度には、つい笑ってしまう。

しかし、作品はそこから、甲府の町も、友人の疎開先も、行きつけの宿も空襲で焼けてしまった戦後へと跳ぶ。結果から見れば、あたかも「無慙《むざん》な最期をとげるため」のように、太宰は東京に転入し、あの「女といっしょに上水に身を投げた」ことになる。「その死に場所を見ると、彼の下駄で土を深くえぐりとった跡が二条《ふたすじ》のこっていて、いよいよのとき彼が死ぬまいと抵抗したのを偲ぶことが」でき、「その下駄の跡は連日の雨でも一箇月後まで消えないで残っていた」と井伏は記した。そんなふうに書けるのは、その下駄の跡を自身の目で何度もはっきりと見届けていたからである。

太宰の実家、青森県金木村の津島家からの依頼で、直接送ればみなすぐに飲んでしまう太宰に、その送金を預かって少しずつ生活費として渡しては煙たがられ、結婚その他、親身に世話をしてはうるさがられ、中毒から立ち直らせようと忠告し、入院させてはかえって悪口を言われた、そのわがままな愛弟子を最後までかばい続けた井伏の大きな至情が、こんなふうに水道の蛇口から洩れる雫の音をめぐって無言の対立を見せた些末な出来事を素材にして描かれることに、読者はきっと一度は呆れることだろう。

だが、これは学生時代からの親友青木南八へのとぼけた鎮魂歌、あの初期の短編『鯉』と同じ手法ではないか。どちらも作者の含羞からにじみ出る構造のフィクションであり、涙を笑いにすりかえる、あのはにかみの文学なのだ。笑っているうちにどうしようもなく読者の心にしみてくるのは、涙も喜びもひとごとのように語るこの作家の、何食わぬ顔をした慟哭が、文面の奥からじわじわとにじみ出すからだろう。

読者は井伏の作品をとおして、井伏鱒二という文学を味わっているのかもしれない。

8 大時計のある部屋 ◆ 小沼丹

もともと婆さんに見えたから

小沼救《はじめ》のちの作家小沼丹は、父親が牧師だったこともあってか、中学・高校と明治学院に学んだ。小説『汽船』の副題に「ミス・ダニエルズの追想」とあるのは、そのころに教わった英会話の教師の思い出を綴った作品だからである。

新入学の生徒の前に「紺色のスウツに身を包ん」で現れたその女性は「純白」の頭髪で「縁無し眼鏡越しに」「何やらぺらぺら喋り出した」が、一年坊主にわかるわけがない。仕方なくその米人教師は「ひどく下手糞な」日本語で「判りましたか?」と言う。生徒は「この機逸すべからずと、異口同音に」大声で「ノオ・ノオ」と叫ぶなか、一人の「落第坊主」が「イエス」と叫んでしまった。ダニエルズはとたんに「懐しそうな顔をし」て、さらに何やら話しかける。そんな顔をされては「有難くなかった」ようで、坊主は話しかけられるたびに「下を向き、仕舞にはノオ・ノオと手を振るばかり」になったらしい。

最初の時間はこんな調子でも、そのうちには一年坊主も「怪し気な英語を操って」質問するようになる。「貴女は何歳であるか?」と訊《き》くと、この失礼な質問にはすぐに答えず、「何歳と思うか?」と問い返した。その生徒は答えを用意してあったらしく、即座に「八十歳である」と言う。それを聞くとダニエルズは赤くなって「奇声を発し」、「一同に同じ質問をした」。生徒たちは「変化を持たせるために、七十六歳とか六十三歳とか五十九歳とか答えた」。すると、「三十歳と四十歳の中間である」と答え、次の時間に一昔前の写真を見せて、そのころから髪が白かったことを立証したという。年齢に関係がないと説得したかったのだろう。

ある年に教師宅に招待されて数人で訪ねると、先客があり、自分の叔母だと紹介された。英会話の教師としては、こういう機会になるべくその「肥った叔母さん」と話させようとするのだが、その「婆さんはひどく耳が遠い上に、僕等が理解出来るものと勝手に信じ込んでいてぺらぺら矢鱈《やたら》に喋る」ので、とても話にならない。ろくな質問も思いつかず、「貴女はどのくらい重いか?」などと失礼な問いを発すると、ダニエルズが横から「おお、たいへん重い」と答えて話をさえぎってしまう。婆さんに「シェイクスピアを知っているか？」と訊かれ、読んだことはないが名前だけは聞いたことがあるので、知っていると答えると、それを読んでいるものと勘違いして、「おお、それは素晴しい」と何度も繰り返す。こんな調子で話はかみあわない。

その二年後かに、ダニエルズがアメリカに帰るという話を人づてに聞き、「もう二度と日本に帰らないのだと思って、些《いささ》か殊勝気を出して」横浜の港まで見送りに行ったら、「一年の休暇で帰るのだと判って、拍子抜けがした」とある。読者も同じく拍子抜けがして笑い出そうとすると、話は思いがけない方向に展開する。「ところが、妙なことにミス・ダニエルズはその儘《まま》二度と海を渡って来なかった」と続くのだ。事情の説明も「理由はよく判らない」とあるにすぎない。拍子抜けの笑いから、読者は突然、別離の悲しみへと突き落とされ、妙に淋しい気分にひたる。

しばらくは「何通か手紙を貰った」が、「あんまり返事も出さないでいる裡《うち》に便りが来なくなってしまった」らしい。当然英語の手紙だから、そのうちにと思っているうちに、つい返事を出しそびれてしまうこともあったかもしれない。「若しかすると亡くなったのかもしれない」と考えてしまうのも無理はない。そして、「それから戦争があったりして、彼女のことは僕の記憶の片隅に細ぼそと名残を留めているに過ぎない」と続き、読者はしんみりとしてしまう。この作家はそこにもう一文を書き捨てて、場面を変えてしまう。それは「生きているとしても、もともと婆さんに見えたからいまでもたいして変ってはいないだろう」という雫のような一行だ。読む人の心にほんのりと明かりのともる、やすらぎの一瞬、それが小沼文学の世界である。

どこに行ったのか知らん?

この作家は、師匠の井伏鱒二が「採りたての松茸」と評したように、若い時からやや老成したともとれる筆致で作品を書いてきた。小説『小径』は、主人公「僕」のいくぶん老成した小学生時代のエピソードから始まる。逗子の山の中に住んでいる伯母を訪ねるため、横須賀行きの電車に乗っていたら、明るい日差しの流れ込む車内に乗客は自分一人になっていて、「近くの座席の窓の所に眼鏡が一つ置き忘れてある」。たしかそこには、「眼鏡を掛け髭を生やした肥った人物が、眼を瞑《つぶ》り腕組をしてふんぞり返って」いて、横浜あたりで降りたような気がする。「一体、どんな心境になるものかしらん?」と、その人物を真似て「眼鏡を鼻に載せ、眼を瞑って腕組」をしていたら、車掌に肩を叩かれたらしい。行く先を尋ねられたのだが、あるいはこれが小学生かと呆れたかもしれない。

笑顔の寂しいその伯母の家は、逗子の町から一里ばかり離れた山の中にある。伯父が「のんびり余生を過そうと考えて」隠居所をつくったものの、そこに落ち着いて一年ばかりで病死したため、以後は伯母が女中とひっそりと暮らしている。「高い赤土の崖の下のひんやりとした小径」を少し上った「左手に木肌《きはだ》葺《ぶき》の門」があって、玄関先に吊してある「銅鑼《どら》を威勢良く鳴らすと、女中と一緒に伯母も玄関に出て来」る。訪ねる人も滅多になく、こんな小学生でも「遊びに行くとたいへん歓んだ」という。伯母は「レコオドでも掛けたら」と言うが、ほとんどが長唄に類する邦楽ばかりで、「これはどうかしら?」と「梅は咲いたか、桜はまだかいな」というのを奨めたりする。自然に覚えてしまって、家で「紅の涙に濡れて踊るのよ」と「踊子の唄」を「口誦《くちずさ》んで、父に大いに叱られた」こともあるらしい。

あるとき、「伯母と椎茸を採って、赤土の崖に沿って下って来ると」、「五十年輩の女」が「招き猫みたいに手を挙げて」、「ああら、奥様」と「頓狂な声を出したら、途端にひんやりした小径に金歯が燦然と輝いて吃驚《びっくり》した」。「たいへん顔の長い陽気な女の人で、がらがら声で話すたびにずらりと並んだ金歯が光る。「何だか金歯を入れた馬と向い合っている気がした」ほどらしい。

炭ならぬ墨を探しに物置小屋に入り、古い籐椅子を持ち出して坐ってみると「梅の枝越しに春の山が見えて、坐り心地は申分無い」。「何だか古道具屋にいるような気もするが、ぼんやり坐っていると、うつらうつら睡気を誘うような雰囲気があって、一町ばかり離れた所にある農家の水車の音が、ごとんごとん、と聞えて来るような気分になるから妙」だと、何度も入ってみたという。伯母が「厭ですよ、物置が気に入ったなんて」と呆れるのももっともで、ひどく老成した中学生だったことがわかる。

その後も何度か物置に入ったが、ふと気がつくと、「以前は座敷の床の間に置いてあった」三味線がその物置に「追いやられ」ている。とたんに「顔の長い招き猫の師匠を想い出して」、茶の間に戻ったときに伯母に訊くと、三、四年前に亡くなったと言って、急に声をひそめる。「内緒話でもするような調子」で、実はその師匠には子供がいた、伯父さんの子供なのだとささやく。びっくりした顔をすると、「伯母以外の女性と交渉があった」ことに驚いたと勘違いし、「恥を曝《さら》すようで、お話しする心算《つもり》じゃなかったけれど」と言う。そんなことより、「蓼《たで》食う虫も好き好きと云うが、伯父の好みも相当なものだ」と、選りに選ってあんな女に心を惹かれる男の「審美眼を疑った」だけらしい。お師匠さんが亡くなったときにその子が教えてくれた、「十三か十四の可愛い男の子」だったと、伯母は笑ったが、自分に子供がいないので案外羨ましかったのかもしれない。

最後に遊びに行った折には、いっしょに山の花畑に行った。花作りが「花詞は、幸福でございます」と言って「鈴蘭の株」を持たせると、伯母はにっこりしたが、その年の暮れに死去した。「寒い風の吹く晩で、裏山の風の音を聴いていると、鈴蘭を貰ったときの伯母の嬉しそうな顔が鮮かに甦《よみがえ》ったが、それが次第に悲しそうな表情に変って行くのが何とも不思議」だったという。イメージにはそれを浮かべている人間の心が映るから、あるいは、不思議でも何でもないのかもしれない。

伯母の死後間もなく、その家は人手に渡ったらしい。それから三十年も経った今は、そのあたりもすっかり変貌を遂げただろうから、「行って見たところで始らないし、行って見る気にもならない」。それでも、時に「想い出のなかで、赤土の崖に沿ったひんやりした小径を上って行くことがある」という。頭の中はいつか昔に戻り、「門を這入って威勢良く銅鑼を鳴らすが、音ばかり矢鱈に大きく跳ね返って来て、玄関には誰も出て来ない」。

好ましくない現実の認識が邪魔をして、振り返る往時の記憶がそのままのイメージでの再現を拒むのだろう。だが、それは現実に合わせて完全に修正されることはなく、「どこに行ったのか知らん？」と、伯母の不在は一時的なものであってほしいと願う思いが、つらい現実を薄っすらと覆う。そう考えると、「しいんと静まり返った家のなかに人の気配は無く、裏山の辛夷《こぶし》が白い花を散らしているばかりである」という作品末尾の一文は、人のはかなさ、この世のむなしさを象徴する風景のように見えてくるから不思議だ。どういうわけか知らん？

濃艶な微笑を送る美女も

『古い編上靴』は、この作家のいわゆる大寺さんものの一つである。主人公の大寺さんは、引っ越したころは、裏の原っぱに「薄の穂が揺れ、黄ばんだ草のなかに漆の紅葉が美しい」いのを見て、「セザンヌの赤」を連想し、「殺風景な心のなかに、一刷毛《ひとはけ》、赤が加えられたような感じ」を受けたものだ。でも、今は細君と赤ん坊を信州に疎開させ、ひとり東京に残って、空襲のたびに防空壕に追いやられ、「莫迦《ばか》にしてやがる」とやたらに腹を立てていた。平穏な生活を奪う暴力に対する遣りどころのない憤りだったのだろう。

玄関に残された「主のいない乳母車を見ると、珍しく殊勝な気持を起して」、それまで「抱いてあやしたことも無い」のに、「今度いつか、一度乳母車に乗せて押してやろう」と考える。しかし、それがいつのことか見当もつかない。あるいは、「一度も実現出来ずに終るかもしれない」とも思う。

近くに大きな飛行機工場があるため、そのあたりは「最も早く空襲を受け」、その後も何度も「ひどい目に遭った」ので、やむなく「都落」ちして、細君の疎開先に合流した。その信州の村の国民学校に欠員ができ、「臨時雇」ながら教員の口がまわって来た。宿直の晩、遊びに来た生徒連中が帰ったあと、大寺さんは暇をもてあまし、漫然と地理風俗大系のページをめくっていると、パリの下町やヴェルサイユ宮殿が出てきたり、「ベルリンの美しい並木路、ライン河畔の古城、ロンドンの街の鼻垂小僧」などが現れたりする。

そんな風景を見ながら、なぜか大寺さんは「連中の多くは疾《と》うに死んだろう。濃艶な微笑を泛べる美女も、いまは皺だらけの婆さんだろう。街の姿も変ったろう」と考える。「現にベルリンの美しい並木路は、戦争で全滅したと新聞に出ていた」。

「写真はすべて平和そのもので洵《まこと》に長閑《のどか》」に見えるが、その平和な日常生活が、理不尽な人間の破壊行為によって、壊滅の危機に瀕していることを憂えてのことだろう、「大寺さんは次第に憂鬱になって、ぼんやり考え込んでしまった」という。

この大寺さんのその後を吉野君に改名して描いた『更紗の絵』の冒頭で、この作家は「汽車が上野に近附くにつれて、吉野君は東京が悉皆《すっかり》焼野原になっているのに吃驚《びっくり》した。その焼野原に、点点と灯が疎《まば》らに散らばっているのを見ると涙が出そうになった」と書き、「理由はよく判らない」と添えている。何よりも大切な平穏な日常生活の基盤が破壊された悲しみだったろうか。

娘が洗濯板でごしごし

『銀色の鈴』は素材としては、大寺さんの妻が急死する『黒と白の猫』の後日談に相当し、やがて再婚するまでの間、娘二人と暮らした日々の微妙な心理を描いている。「或る晩突然喀血して、その血が気管に詰って死んだ」のだが、それが四月二十八日。その妻の誕生日が七月二十八日で、結婚したのが三月二十八日だから、「何だか変な気がする」という。単なる偶然にすぎないから、そんなことを気にするのは馬鹿馬鹿しいと頭ではわかっているものの、そんな時だから人間、気持ちに引っかかりを覚えるのも無理はない。

なにしろ突然の出来事で、「事務引継も何も無いから、大いに閉口した」らしく、「訪ねて来た客が話の合間に庭に眼をやって」、「木蓮が咲きましたね」と言うのに、「ええ、弱りました」などと「頓珍漢な返事」をしたりする。客と話しながらも、ぼんやりしていて心ここにあらずの状態だったわけだ。妻を喪った男の落ち込みようがよくわかる。その当時のことを描いた『黒と白の猫』には、「テラスでぼんやりしていると、珍しく麦藁蜻蛉《むぎわらとんぼ》が訪れて、テラスの先のちっぽけな池に何遍も尻を附け」るので、いつものようにうっかり「おい、おい」と「大声で、細君を呼ぼうとして」、「家のなかに自分一人なのに気附」く場面を描いているから、ショックの大きさが知れる。

家事の主な担い手が娘たちとなり、「しょぼしょぼ、淋しそうな恰好で食事の用意をされたら遣切れない」し、「義務のようにやられたら敵《かな》わない」、いっそ「遊び半分みたいに片附けて呉れたらいい」と大寺さんは思う。思わぬ負担を負わされることになった娘の気分をいたわる親心だろう。それまでは「電気製品には一向に無頓着」だったのに、「電気製品が揃《そろ》っているんで、此方《こっち》の気持も大分楽になる」などと言うように、以前とはすっかり変わり、知人に「一体、何の話だね」と呆れられる始末だ。

「スイッチ一つひねると洗濯が出来たりするのを見ると、何となく安心する」らしい。「娘が洗濯板でごしごしやっていたら」困るのだという。細君なら仮にごしごしやっていても「困るとは云わないだろう」と添え、「それがどう云うことか、その辺の所は大寺さんにもよく判らない」として、主人公の気持ちに作者はそれ以上立ち入らない。

以前は夫が外で働き、妻が家事を担当するのが典型的な家庭だったから、当時の夫婦はそれがあたりまえで、格別の不公平感はなかったかもしれない。その意味では、互いに任務の異なる戦友という関係だったとも言える。

それが親と子との間となると、まるで意識が違う。母親にこんなことが起こらなければ、娘は手伝いするのがせいぜいだったろう。それが、母親の突然の不幸に遭って、否応なしに自分たちが家事を担うこととなった。本来の任務ではないものに責任を負わされることとなった、その不運な娘の姿を見ると、当人たちは何も言わなくても、父親として少しでも楽をさせてやりたいという気持ちになるのが自然の情のような気がする。

娘たちも今までとは違って父親に何かと気を遣うように感じる。それも二人揃っている時より、どちらかが家にいない場合に、もう一方の娘が神妙になり、よけい気を遣うような気がする。母を亡くした娘と、妻を亡くした父。その家庭のすきまをそれとなく埋めようとする娘の所作をいじらしく思いながら、前に妻がしてくれたことを今娘がやってくれていることに、ふと気づく父親のとまどい、てれくささ、くすぐったさのようなものが、文面から伝わってくると、読者の心にわけもなくしみる温雅なおかしみが込みあげる。

あるとき、上の娘の春子が「うちにお嫁に来たいって云ってる人が三人もいるのよ」と言いだして、父は呆れる。「電話じゃ無愛想だけれど、本当はやさしいんじゃない？」とその友達は言うのだそうだ。大寺さんは「冗談にもせよ、友達の父親の所に嫁に行きたいとは、近頃の娘共は妙な話をするものだ」と啞然とするが、「春子が友人とそんな話をして面白がっているのが意外」で、おやおやと思う。

大寺さんの友人たちは「考えてみると羨しい境遇と云う他無い」とか「あやかりたい」とかと口では言いながら、勝手に審査委員会なるものを設置し、もし再婚したい場合はそこの審査を通過した女性に限り認めるなどと言い出した。むろん、そんな委員会など相手にする気はないが、それ以来、大寺さんは「これ迄と少し違った角度で女性を見るように」なり、「それ迄別に気にも留めなかった女性」を、あれは「審査委員会を通過するだろうか？なんて莫迦なことを考えながら見ることがある」というから、読者も笑ってしまう。

大寺さんが面白半分にその委員会なるものの話をしても、娘たちは一向に関心を示さず、「いいと思う女性がいたら、結婚したらいい」といとも簡単に言う。「それはそれでさっぱりしていて悪くないと思うが、同時に何となく物足りないような」気もする。いつまでもくよくよしていられるのも困るが、もう少しこだわってくれてもいい、そんな物足りなさかもしれない。理屈で割り切れないこの矛盾した気持ちも、何となくよくわかる。

やがて再婚するのだが、「細君のいなかった三年ばかりの間に何があったのか、想い出しても何も無かったように思う」。とはいうものの、「記憶のなかで、ときどき寒い風が吹いていたような気がする」。勤め先の学校からたまに酒を飲まずに夕方帰宅するとき、娘たちがまだ帰っていないと、「家のなかは暗く寒くてしいんと静まり返っている」。思わず、「何だ、まだ帰っていないのか」とつぶやいてしまう。相手がいないとわかっていながら、つい声が出てしまうのだ。そして、「矢鱈にあちこち電気を点けて廻って、大寺さんは何とも佗しい気がしてならな」い。「暗くて不可《いけ》ない」と自分がまた独り言を言ってしまったことに気がついて、「余計面白くない気分になる」。

いささか身勝手ながら大の淋しがり屋の男、妻の姿が消えて家の中にぽっかりと開いた穴の意外な深さに途方に暮れるその姿が、こういういくつかの雑事をとおしてほのぼのと描かれる。その理屈に合わないふるまいに笑っているうちに、読者はいつか人間というものの弱さや愚かさがひとごとではなくなる。

再婚後、新しい細君とともに、上の娘の結婚式に出て、「ぼんやり花嫁姿の娘を見ていると、いつの間にか時間の歯車が逆に廻転し始めて、春子がだんだん小さくなって行ったかと思うと、その上に母親の顔が重なって見えた」という。その母親が何か言ったようだが声にはならず、「大寺さんはそれに拘泥した」

とある。本来ならば母親としてそこに出ていたはずの亡妻に対する何とはなしの謝罪の気持ちが、思いもかけず心の底から噴き出したのかもしれない。もしも再婚しないで、独身のままその式に臨んでいたとしても、同じだったのかどうか、読者としては、やはりどうしてもそこに「拘泥」してしまうのだ。

耄碌《もうろく》の取り柄

やはり大寺さんものの一編である『藁屋根』は、大寺さんが結婚したばかりで、「郊外にある大きな藁屋根の家の二階を借りて住んでいた」と始まる。昔は銀行をやっていたというその大きな家から勤め先の「学校へ通う路の途中に、トタン屋根の小さな家」があって、その入口の硝子戸の「破れた硝子に紙が貼附けてある」。天気のいい日は家の前にむしろを敷いて、皺くちゃの爺さんが坐っており、時々咳をする。その爺さんが「嘗《かつ》て羽振りの良かった「銀行」の主の変り果てた姿」だと知って大寺さんは驚いた。と同時に、「一時は、大きな家に暮した人間が零落してその直ぐ近くの陋屋《ろうおく》に住んでいる、一体爺さんはどんな気持でいるのかしらん?」と思いやった。

しかし、そのころ、爺さんはすでに「耄碌していたらしいから、案外何でもないのかもしれない」と思うようにしたが、そう思うと「何だか淋しい気がした」という。論理的には、自分の惨めさが意識できないだけ、まだ救いがあるはずだが、そういう淋しささえ感じられなくなった悲惨さを思うのだろう。場面としては笑っている場合ではないが、いわば心理が論理を言いくるめたような矛盾感がおかしい。

しかし、自分があの大きな家屋敷を手放してしまった悔しさ、耄碌することによって仮にそのショックがやわらげられたとしても、いくらかましなのはその点だけであり、耄碌することによって失われるものは数多く、中には貴重なものも少なくない。そう考えると、財産を失った失意の人間に、耄碌というさらなる不幸がおおいかぶさった現状が、いっそう悲惨に感じられるのは論理的にも説明がつく。

作者は解説せず、「大寺さんには判らない」と突き放す。読者の想像に委ねる小沼文学の文体が、そういう深い読みを誘うのである。

向こう側は陽があたって陽気な顔

『竹の会』は作者の英文学の恩師にあたる谷崎精二を偲ぶ作品だが、そこにはさまざまな人間の人物像が描かれている。まずはその谷崎さん。学生時代に講義をサボって新宿の街を歩いていたら、たまたま谷崎先生に出くわして、「君、君、今日は何故欠席しましたか？」と、どうにも答えようのない質問をされて弱ったらしい。前の晩に友達の所に泊まってそのまま学校に出て来た学生に、「浴衣掛で教室に来るとは、どう云うことですか？　寄席じゃあるまいし」と注意したのも谷崎さん。谷崎精二が『奇蹟』の同人だったことを知る学生が、授業中に当時の話をせがむと、「そう云う話は教室ではしません」とにべもなく断る。「そう云う話が聞きたければ家の方に来なさい」という意味なのだが、講義の脱線を期待する学生としては、「先生のお宅ではなくて是非教室で聴きたかった」から、誰も家には行かなかったらしい。

同級生に徳田秋声の甥がいて、母親と一緒に訪ねた折、母親が「この子も小説を書いてるんですよ」と言ったら「秋声先生は怖しく不機嫌な顔をして、莫迦《ばか》な真似は止せ、と吐き捨てるように云った」という逸話を、その当人から聞いたという。また、「文学部前の石段の所」で記念写真を撮るとき、谷崎先生は「夏服に蝶ネクタイを附け、パナマ帽とステッキを手に持って、矢鱈に難しい顔でレンズの方を睨み附けて」いた。日夏耿之介《ひなつこうのすけ》先生の姿が見えないので研究室まで呼びに行ったら、「その写真には某も入るのだろう？」と「怕《こわ》い顔」をして、「あんな俗物と一緒に写真に写るのは真平だ、とそっぽを向かれて頑として応じなかった」という。それぞれに個性的な文学者の人柄がおどけた筆致で描かれている。

戦後間もなく谷崎さんから、母校に勤めるようにと書いた封書が届いたので、驚いて出向き、「出来の悪い怠者だから」とためらうと、「だから、いいんです」と変な理由で大学勤務がきまり、自然、「一緒に酒場の椅子に坐る」ようになる。その谷崎さんが文学部長になってからも、「お顔を見に来ました」と声をかけると、「とても見て頂くような顔じゃありませんが」といった、打てば響くような呼吸で、「直ぐ来意」を察し、並んで学校の門を出て、ちとせという店の客となる。

そんなある日、店の女が谷崎さんにお酌をしながら、父が店にはどんな客が来るかと聞くので、「文士とか何かいろいろ偉い方がいらっしゃる、谷崎先生もお見えになる」と答えたら、「そんな偉い先生のお相手が出来てお前は光栄だ」と言われたという話をし、谷崎先生も中途半端な顔で「此方こそ光栄だ」と応じる。女はさらに「先生のあの小説、父が読んで感激したと申しておりました」と続けると、「途端に谷崎さんは嬉しそうな顔になった」が、一瞬後、「あれは駄作です」とにべもなく言い放つ。それをおおげさな謙遜と誤解して、女が褒め続けると、谷崎さんは次第に機嫌を損ねる。そんなやりとりをそばで聴いている作者の分身はおかしくてたまらない。何しろ女が名前をあげた小説は、自作ではなく兄の谷崎潤一郎の作品だったから、なるほどそれは、弟にとって面白くないわけだ。

この谷崎さん、日本酒が大好物だが、外で飲むときは「銚子に三本ぐらい飲むと、もう適量だから、と盃を伏せてしまう」。家に帰ってから飲むお銚子二本が楽しみなのだという。ある夜更けに、文学の師である井伏鱒二にその話をすると、「教え子としては、先生のそう云う点は大いに見習うべきじゃないのかね」という意外な反応だ。思い当たる節もあるから、早速見習うことにして、「ではそろそろお先に失礼します」と言ったら、井伏は「ふうん、君はそう云う男か」と言ってそっぽを向いたという。

そのころ、「おれの青春はあと三日しか無いんだ」ということばが口癖だったというその井伏が、雑誌の早稲田文学が廃刊になって谷崎さんは寂しいだろうから、ひとつ慰める会をやってはどうかと言い出したらしい。この小説の作品名はその会の名称だ。会場は早稲田文庫「茶房」と称する民芸調の店。そこの庭の「竹が夜風にさらさらと鳴った」ところから命名されたという。その後、店の姿が消えたのが痛恨の極みだ。吉祥寺の武蔵野文庫「茶房」はその縁者の店らしい。岩波ジュニア新書『日本語のニュアンス練習帳』の打ち合わせの場だったゆかりで、表紙にレトロな雰囲気が描かれた。

閑話休題《むだばなしはさておき》、早稲田文庫の常連の一人だった批評家の青野季吉は野球が好きで、日ごろは「早慶戦はいいもんだ。あれは青春の祭典だ。勝敗に拘泥《こだ》わっちゃ不可《いか》ん」と言っていながら、早稲田が負けると、「面白くもない。酒迄不味くなる」と機嫌が悪い。その青野さんが竹の会の途中で怒り出し、もうこの会を辞めると憤然と席を立ち、帰りかけたが、玄関でレインコートを忘れたとどなっている。その日の幹事だった作者の小沼がそれを探して持って行くと、先輩が帰るときは黙っていても持って来て着せ掛けるのがヒューマニズムだと、まだ怒っている。その「立腹が伝染し」、「そんなヒュウマニズムは真平《まっぴら》御免蒙《こうむ》りたい」と「廻れ右して席に戻って来た」ら、青野さんは「血相を変えて、土足で座敷に駈上って来た」という。

それから何年か経ったある晩、作者が酒場で飲んでいると、青野さんが「春風駘蕩《しゅんぷうたいとう》の笑顔」で近づいて来て、久しぶりで一緒に飲み、もう一軒つきあえと誘う。次の店では、そこの女に「この人はいい人なんだ」としんみりとした口調で繰り返すなど、その晩の青野さんは「終始上機嫌だった」。それが、「却って此方は寂しかった」とある。それが青野さんに会った最後だったという。怒っていないと青野さんらしくないから、やさしい青野さんではイメージがちぐはぐになって落ち着かないのだろう。

作者が女房を亡くし独身だったころ、すでに再婚した谷崎さんが、女房のいるときは浮気をしても相手の女が心得ているから後腐れが無い、ところが、家内がいなくなると、女があわよくばそこを占領しようとする、野球用語で言うと「ホオム・スチイル」を狙う。自分はその間が一番品行方正だったと言った。その後だんだん耳が遠くなり、「この爺いも随分老耄《おいぼ》れたもんだ」と思っても、まさかそうは言えないから、相手は、耳が遠くなると長生きするなどと慰めてくれる、「有難いことで」などと、当の谷崎さんは皮肉を言っていたらしい。

正月に年始に行くと、何年もきまって「今年こそは間違無く墓に入りますから来年は御迷惑は掛けません。御安心下さい」という一定の挨拶が返って来るので、訪問客も「そんなことを云う人に限って百迄生きるから、とても安心なんか出来ません」と、きまった応じ方になる。飼っていた山雀《やまがら》の死んだ晩、谷崎さんが入院して重態だと電話が入る。あまり見舞い客が押しかけては、「ははあ、これが見納めと思って来るのだな」と当人が気をまわすといけないので、「面会謝絶」の札が出ていたらしい。病室に入ってみると、病人は憔悴《しょうすい》しきっており、発することばも「舌が縺《もつ》れるのかよく聴き取れない」。「何とも遣切れない気がし」て、「お大事に」と頭を下げ、声に出さずに「さよなら」と言って部屋を出たという。

やがて先生が亡くなられたという電話が入る。弔問のため小田急線の豪徳寺の駅で友人と待ち合わせ、早く着いたので「プラットフォオムのベンチに坐ってぼんやり烟草《たばこ》を喫《の》」みながら眺めていると、「向う側は陽が当っていて、みんな陽気な顔をしているように見えるから不思議であった」とある。論理的にそんなはずはないが、このラストシーン、読者は主人公の気持ちをなぞりながら、いつか自分もそんな思いにひたっていることだろう。

気がつくと頭のなかで

『国語の先生』と題する随筆に、中学時代の国語の先生が登場する。「人間はつまらんことにこせこせしては不可ん。須《すべか》らく大きな心を持って、大手を振って歩かねばならん。つまらん規則に拘泥する必要は毛頭無い」という訓辞を垂れ、「教科書を忘れたって一向に構わん。そんなことに目角を立てる教師もいるが、それはつまらんことだ」と一例を挙げたらしい。生徒は「この訓辞に大いに感銘を受け」るはずだったが、次の国語の時間に、「クラスの三分の二ばかりの者」が教科書を忘れたと言い、ちゃんと持って来ているのに「附和雷同」する者さえある。すると、その先生、「勉強するために学校に来る生徒が、揃いも揃って教科書を忘れるとは何事であるか、以《も》っての他《ほか》である」と「かんかんに立腹して教室を出て行ってしまった」という。

訓辞で一例として挙げたまさにその教科書の件で怒らせたのはいささか出来すぎの感があるし、どの生徒も国語の教科書だけ忘れるのもわざとらしい。忘れた人数がクラスの三分の二というのも尋常ではない。ここは、なかなかいいことを言うこの先生、いったい何ほどのものかと、教師をからかってみた生徒のいたずらだったような気がする。ともあれ結果としてはまさに言行不一致。人間なら誰にでもある現象だが、この作家はやんわりと、「思うに先生の訓辞は、中学二年坊主には少し高尚に過ぎたような気がする」と書くにとどめた。

『井伏さんと将棋』という随筆に井伏鱒二という人物が活写されている。一編は、井伏は「弱い者と将棋を指すのが好きだ、王手飛車をして待ってやろうかと云うときの気分はまた格別」と書いているが、その「弱い者」はほかならぬ小沼のことだとある。そんなところで名ざしされるのは閉口で、せめて「戦前は僕の方が」強かったとでも書いておかないと恰好がつかないと、このエッセイを書き出す。強かったはずなのになぜ戦績が芳しくなかったか、以下にその不思議な現象を再現するという一編の構成になっている。

ある朝、「学校へ行くのを中止して」井伏宅を訪ねると、主人はすでに机に向かっており、「今日原稿を書かなくちゃ不可《いけ》ないんだ」と言う。「恐縮して早速失礼しようとしたら」、まあお茶ぐらいということになり、「無駄話をしていると」、井伏は将棋盤を持って来て、「ちょっと指すかね、ちょっとだよ、何しろ、今日中に原稿を書かなくちゃ不可ないんだ」と念を押す。「危い予感がして、頻《しき》りに辞退した」が、「それでは一番だけ」ということになって、指したら実力どおり小沼が勝った。「じゃ、失礼致します」とお辞儀をすると、井伏はもう自分の駒を並べて、今の将棋はあそこが悪かったとか反省している。「お仕事が」と言いかけたら、井伏は「三番勝負さ、一番だけなんて呆気《あっけ》無い」と言う。それじゃあと二番だけということにして指したら、二番ともまた小沼が勝った。

すると井伏は、「手早く駒を並べて、当然のことのように次の勝負を催促」する。「責任を痛感」するものの、そのまま帰ってはいけない気配があって、続けて指していると、井伏夫人が、別の随筆『将棋』によれば「お盆にお昼御飯をのせて」運んで来たので、もうそんな時間かと驚いた。こんなはずではなかったと恐縮したが、当然のごとく午後も戦闘再開。途中でとうとう井伏は「原稿なんて、どうだっていいんだ」と乱暴なことを言い出した。そして、小沼が盤上に身を乗り出して考えていたら、井伏は「君、暗いよ、だから僕が負けるんだ」と言う。気がつくと「知らぬ間に夕暮近く」になっている。その頃には「頭がぼんやりしてしまってずるずる負始め」、夜ふらふらになって帰宅するときには負け越していた。井伏は「今日は愉快だったね、堪能したね」と上機嫌だったという。

随筆『清水町の先生』によると、自分のほうが強かったはずなのに、終わってみればいつも相手が勝ち越している。「理由は簡単で、井伏さんは勝越す迄は決して将棋を止めない」からだという。ある若い人などは夜中の三時ごろまで指し続け、「先生、もう勘弁して下さい」と泣き出したようだ。「徹夜で将棋を指して、朝になって、立上ったら途端に引繰返《ひっくり》った」という話もあるらしい。作家仲間の中村地平は『将棋随筆』に井伏の将棋について、「棋風は小説とちがって別に天才的と云うわけではない」と書き、「体力的乃至《ないし》生理的」だと評したうえで、「井伏氏を体力戦で負かして、泣かしてみたい、と云うのが棋道(?)に於ける僕の最高の理念である」と結んでいるという。要するに人柄まるだしの棋風なのだろう。

『お祖父さんの時計』と題する短いエッセイには、英国で買いそこねた大時計をめぐって小沼丹の人柄が映りこみ、さすが井伏門下と思わせる。「蘇格蘭《スコットランド》旅行をして小さな町の宿に泊ったら階段の広い踊場に大時計があった」という。「振子がゆっくり揺れて、ちっく、たっく、と時を刻」む姿を見ると心がなごむ。それがどこかの客間などにあると、「何となくその家庭の見たこともないお祖父さんやお祖母さんの顔が浮んで来るような気がする」。

ロンドンの骨董屋の店先でよく見かけ、見るたびに買おうと思ったが、結局見合わせたようだ。「奮発すれば買えない額ではないが、送らせるのがたいへん」だし、「仮に無事我家に送られて来ても、それから先が本当にたいへんなことになる」として、その具体的な悩みを語る。「大時計だから、せせこましい所には置けない」ので、「先ず狭い客間を拡げなければならない」し、「その大時計がしっくりと納るような部屋」に改造しなければいけない。「椅子や卓子《テーブル》が大時計とちぐはぐではみっともない」し、壁や天井はどんなのがいいか、「絨氈《じゅうたん》は外国製の方が似合うかしらん?」などと、ただ考えているぶんには愉快な気分だが、いざ実現しようとすれば「莫大な費用がかかる」。「何だか倫敦《ロンドン》の大時計に振廻されて、赤字を背負い込む結果」になるのも癪だから、骨董屋で眺めるだけで我慢したらしい。

自分では、買わなかったことを別に後悔しているつもりはないのに、気がつくと、「頭のなかで大時計のある部屋を設計している」ことがあるという。ここまで読んできた読者も、そのはてしない愚かさに酔い痴れることだろう。いかにも人間らしく、ほのぼのとした味わいが、しみじみとおかしい。

9　貝がらから海の音が ◆ 庄野潤三

慌てて咳を始める

庄野作品には生活が根を張っている。『夕べの雲』に子供の机をめぐる親子のやりとりが出てくる。引っ越しをしてようやく晴子は自分の部屋が手に入った。狭くておでこをぶつける危険もあるが、「小さな船室のような感じ」もして悪くない。そこに前から使っている勉強机を運び込んだのだが、当座は「新しい壁や柱に対して釣り合いが取れない」。小学校に入学したときの机だから、もうすっかり古くなっている。だいぶ窮屈そうなので、大浦は新しい机を考えているが、当人がこれでいい、「この方が貫禄があっていいよ」と苦にしない。弟の安雄の机ももっと大きいし、正次郎の新しい机も入って、「晴子の机がいかにも見すぼらしく」見える。「いちばんよく勉強机を使う」のに、「いちばん古くて、小さな机」なのは矛盾しているように見える。

その一年後に晴子は高校に入学したので、大浦は今度こそ机を買ってやろうと思い、細君も賛成だが、当人が「大丈夫よ。何ともないんだもの」と言う。いくらなんでも、高校生が小学生用の机では膝がつかえるだろうと、「小学校を出てから三十年も経ち、体重十八貫ある大浦が坐って」みたら、ぎりぎりだが何とか入る。「お祝いは遅い方がいい」というから、そのうちに買おうと思っているうちに、晴子は修学旅行に出かける時期になった。大浦はその留守の部屋で「つくづくわが子の古机を眺めていると、まわりの壁や柱に不釣り合いなどころか、いつの間にか周囲に融け込んで」「部屋全体に或る落着きと調和がもたらされている」ようだ。「もうこの机を取ってしまうことは出来ない」と大浦は思うのだった。

家族で「いつも放送のある日を楽しみにしている番組」の「耳馴れた音楽が始まると、みんな安心したような心持になる」。何年か続けて見ていると、「いつかこの番組が終りになる日があるということを誰も考えない」し、「ついいつまでもこの劇が続いてゆくような気持でいる」。ところが、ある日、その番組が無くなることを知ると、びっくりして、「その番組を見ない木曜日の晩というのは考えられないような気がする」。が、始まったものは終わるのがあたりまえであって、「いつまでも続くように思っていたこちらがどうかしているのだ」。が、人間というものは所詮そういうものなのだろう。

その大浦家では、誰かが風邪を引くと、「大根おろしと梅干入りのお茶」を飲ませる習わしになっていて、実際よく効くらしい。三つともみなふだんの生活で口にするものだが、それを一緒にして「熱いのをふうふういいながら飲む」と、風邪に効果があるのだが、いったい「誰が最初にこういう組合せを思いついたのだろう」と大浦は感心する。その三つにちょっと垂らした醬油の味が混じり合って、「香ばしくておいしいものになる」。「風邪によいというようなことを考えるよりも前に、こんなおいしい食物はないと思う」のだ。

正次郎が「頭が痛くて、もう御飯が食べられなかった」晩に、「細君が大根おろしのことをいい出したとたんに、ひどく慌てたように安雄が咳を始め、晴子もそれにならった」のは、自分もあやかろうと考えたのだろう。おかげで細君はそれを三人前こしらえねばならなかったという。ほのぼのとした家庭の風景が、おのずと読者の唇をほころばせる。

姉ちゃんの方がずっと

『屋根』に早世した女の子の話が出てくる。「病院では六月中に退院できると云った」ので、「泰子が家へ帰ったら着せて」やろうと、娘の洋服を一着あつらえた。ところが、「退院の日をだんだん医者が延ばして、七月の十日になった」。そして、注文した服は、「娘が死んで一時間か二時間たったところへ着いた」。数えの十六で死んだ泰子はこの世で成人式も迎えられなかった。

その妹が成人式を迎える年になった時、母親は「姉ちゃんと二人分やってやろうと思って」、東京の百貨店で着物、帯、帯〆、帯上げと一通り買い揃《そろ》え、さらにハンドバッグ、草履、ミンクの襟巻を買い足した。「贅沢は贅沢だと思ったけど、二人分だと思って、つくってやった」のだという。子を亡くした親の気持ちが読者にも素直に伝わってくる。

亡くなった姉がバレーボールの選手として活躍したせいもあってか、妹もバレーボールを始め、高校時代に全国大会にも出場したほどの名手だ。母親はそんな話をしながら、それでも姉ちゃんにはかなわない、ということばを添えずにはいられない。「器量の方も、姉ちゃんには叶わない。姉ちゃんの方がずっときれいですよ」と続けるので、話を聞いている側は、「写真で見る姉さんは、確かに可愛いことは可愛い。しかし、妹の方が叶わないというのはどうだろう」と、異議を申し立てたい気にもなる。親の評価が「姉と妹で不公平になってはよくない」からだ。親にとってはどの子も同じように可愛い。それはまぎれもない事実だが、それでもやはり、「早く死んだ子にお母さんが肩を持ちたくなるのは無理はない」とも読者は考えるだろう。こういう避けられない矛盾もまた、いわば心理が論理を言いくるめる、あの人間らしい愚かさかもしれない。

蚤が出るよ

『絵合せ』では、嫁ぐ日も近くなった娘の心境が語られる。両親と長女の和子、長男の明夫、次男の良二の五人家族。和子は結婚を間近に控え、もう住む家もきまっている。なんと入学試験を目前にした明夫の発案で、毎晩家族が顔を合わせ、「絵合せ」というたわいもない遊びでひとしきり笑うという日課がきまった。嫁に行くまでの何日かの間、「みんなが万障繰合せる」ことにして、残り少ない五人家族としての時間を味わおうというのだ。そんな期間限定のかけがえのない行事だから、「明夫の入学試験の間も、発表を見に行って、名前が出ていなくて帰ってきた日も、全く変りはなかった」という。

嫁に行けば、その子の部屋が空く。その部屋をどう活用しようかと、空く前から家族は計画を考える。父親は「本の置き場に困っている」から、「図書室になるな」とあてにする。細君は「お客さんの寝室になりますわ」と言いだし、「少し窮屈な気がするかも知れないけど、そばに小窓があるし、船室みたいでいいわ」と、もうきまったようにその気になっている。その瞬間、脇にいた和子が突然「蚤が出るよ」と叫び、「前から一匹、飼っているんです」と、いたずらっぽい笑顔を見せる。自分はまだこの家の子供だ、ほかの家族と一緒に「御飯も食べるし、片附けもするし、掃除も」する、夜はこのベッドで「心安らかに寝ている」、だから、「そんな気の早いことを二人で話さないで」と、きっとそんな気持ちなのだろう。「蚤が出るよ」という短いなにげない一言は、案外、象徴的な珠玉の一句だったかもしれない。嫁いでこの家から出て行く日が刻一刻と近づき、心の揺れるまま、ちょっとした不満を投げかける形で最後に両親に甘えてみせたように思われてならないのである。

金時のお夏

『インド綿の服』は、同題の一編に始まる六つの連作短編から成る。いずれも足柄山の雑木林の中に住む長女一家の暮らしを精緻に描いた作品だ。その長女から生田《いくた》に住む親許《おやもと》に「スコットランドの花の写真入りの書簡箋いっぱいに、そんな洒落たものには不似合いな、まるまっちい字でしるされた手紙」が届く。まず、「暑中お祝い申し上げます」という書き出しに親夫婦は面喰う。が、「この奇妙な挨拶にもそれ相応の理由がある」らしい。この家の親子は昔からずうっと、「夏の日差しが強ければ強いほど喜ぶ性質」があり、「海の水につかる時、何ともいえず心が安らぐのは、われわれの先祖が南の島から八重の潮路を越えて流れ着いた人間である証拠ではないだろうかと常々話し合って来た」からだ。

「ニワトリはこの頃、ソトトリと呼びたいほど、遠くまで遊びに行ってしまいます」と書いてくることもある。「鶏」は「庭鳥」から来ているから、これは語源を意識した表現で、薀蓄《うんちく》を傾けたともとれる。

だが、ともかく「この長女は何をいい出すか分らないところがあって」、母親と自分と長男の嫁と女三人で小田原で待ち合わせ、城跡公園を散歩したりお茶を飲んだりした日に書いた葉書など、「ウーマンズ・ミーティングの後援会長の大株主の後見人の陰の黒幕の父上殿」と始まっている。

長女は結婚当初、生田の実家の近くに住んでいたが、子供が大きくなると手狭になり、足柄山のほうに引っ越した。これまでのように「手軽に往き来」ができなくなったので、時々日をきめてどこかで会うことにし、父親も参加する計画がもちあがったが、父親は「純然たるウーマンズ・ミーティングの方がいい」と提案し、自分は出席する代わりに昼食代をもつことにしたため、結果として女だけの会合になったものらしい。それを「大株主」だとか「黒幕」だとかと大仰にふざけてみせる子も子なら、そういう表現を嬉しそうに紹介する親も親で、読者は笑いながら、家庭のしあわせというものがそれとなく伝わってきて、心の温かくなる思いがする。

『楽しき農婦』では、「ちんちろりん。すーぴー、ことん、ころころ」と、虫の声やら、猫の鼾《いびき》やら、屋根にどんぐりの落ちた音など、擬音語だけで始め、「なんと静かな秋の夜だっぺ」と方言を続ける雅味あふれる手紙や、「親分さん。お誕生日、おめでとうございます」と始め、「てえしたもんはねえですが、ちいと生きのいいかますが手に入りゃしたので、お届けしやす。召上って下せえまし」と、子分のようなことば遣いの手紙が届いて、両親は呆れながらも楽しい時間を過ごす。

語り口だけではない。入院した子供の見舞いに病院に行ったら、大部屋で同年代の男の子ばかり、「中には五ヵ月も入院しているぬしみたいな子」もいて、どこが悪いのかと疑うほど「ベッドからベッドへ飛び跳ねている」のに、看護婦に呼ばれると、「やおら松葉杖を取り出して、ぴょこぴょこ歩いて行く」話だとか、ユーモラスな内容に時を忘れる忙しい親の姿も、読者にはほほえましい。

『雪の中のゆりね』でも、この長女からの手紙は例の調子だ。「こちとら、いちんちおきの雪ふりに、呆れけえっておりやす」だの、天気予報の「ところによりにわか雪」の「ところ」ってえのは、ここいらのことに違えねえだの、「風邪なんぞひきこまねえよう気をつけておくんなせえまし」だのと書き、「金時のお夏より」と結んである。「金時」は源頼光の四天王のひとり坂田公時《きんとき》、幼名「金太郎」でおなじみのあの「金時」だ。ここに登場するのは、もちろん長女が足柄山の住まいだという縁による。

『足柄山の春』でも、長女の語り口は変わらない。父親が脳内出血を起こして救急車で運ばれ、しばらく入院したあとの誕生祝いの文面は、「今年のお誕生日は格別の嬉しさでやして、親分さんがていへんな山を乗り越えられたからには、こりゃもうお上さんともども達者で長生きされることはまちげえねえと一同の者大喜びしておりやす」という調子で、最後にやはり「金時のお夏より」と署名することも忘れない。家族のしあわせが読者にも及ぶような読後感となるのは、格別である。

蝶も狸も猪も

『貝がらと海の音』にこんな話がある。「妻が庭の山椒の葉にとまっているあげはの小さい幼虫を、四」箱に入れて次男の家に持って行ったら、小さな娘のフーちゃんは大喜びし、その箱を手から放さない。図鑑で調べたり虫眼鏡で覗いたりしたあと、「あげは」だから「アゲちゃん」と名前をつけた。妻が「アゲちゃんが蝶になったら、電話で知らせてね」と言って帰宅した。それから一月ばかり経った七月半ばのある朝、電話がかかって来て、フーちゃんが「アゲちゃんがちょうになっちゃった」と言う。約束どおり報告したのだが、「何かよくないことが起ったような声」に聞こえる。妻が「よかったね」と話しかけても、フーちゃんはそれ以上何も言わない。「箱から出してもらったアゲちゃんはフーちゃんたちが見守る中を、庭へ飛び出して行ったのだろうか」。だとすれば、「今まで家の中にいたアゲちゃんがいなくなって」、フーちゃんは淋しかったのかもしれない。作者はそんなことを考える。人間の世界でも、子供が成長してやがて独立するとき、祝福したい喜びの奥で、親はある淋しさを感じてしまう。蝶の話題から読者のほうはそんなことまで考えるかもしれない。

以前、庄野潤三一家が東京「練馬区の石神井公園から多摩丘陵の丘の上に家を建てて引越したとき」に、大阪の兄庄野英二が「お祝いに枚方《ひらかた》のばら園から送ってくれた」十本の薔薇のうち、「三十年後に生き残っている」のは一株だけ。去年その「英二伯父ちゃんの薔薇」が咲いたとき、「心臓大動脈瘤の手術」で入院していた兄の英二宛に、そのことを伝えた。きっと喜んで「力が出るだろうと思った」からだ。今年も「英二伯父ちゃんの薔薇に蕾が二つ、出ましたア」と妻の弾んだ声が聞こえ、「この暑いのに、よく出てくれました」と言う。たしかに、「日照り続きの、格別暑かったこの夏に、よく枯れずに残ってくれたと、感謝せずにはいられない」。そして、「あのときは、兄はまだこの世に生きていた」と、そのことを手紙で知らせたことを思い出すのである。

「玄関へ入るなり、フーちゃんは花生けのなかの貝がらを見つけて、よろこんで覗き込んだ」。そして、妻からもらった貝がらを持って台所にやって来て、「貝がらを耳に当てると、海の音が聞えるの」と言う。「夢みる夢子ちゃん」と妻が評する子供ではあるが、いったい誰からそんなことを聞いたのだろうと思う。その「貝がらを仕舞ったら、夏が終ったという気がして、さびしかった」と妻は言う。

お使いから帰った妻が、隣の家の門の横に狸がいたと言う。そばを通っても「困ったような顔」をして、じーっとしているのだという。フーちゃんの弟、幼稚園に行っている春夫が「山の音楽家」の歌を歌って「山のたぬきがたいこをたたいてみせたのがつい三日前」。まるで「この歌に誘い出されたかのように」、隣の家の門の横に「本物の狸が現れた」のだから驚く。夜行性の動物である狸が、「こんな天気のいい日の昼間に出て来る」のは不思議だ。「食べ物が無くて、探して歩いているうちに」、隣の家の門の横へ出てしまったのかもしれない、「庭を通り抜けたら、表の道路まで来てしま」い、「どうしようと思いながら、すくんでしまっていたのかな」などと、庄野家の夫婦の話は続く。読者にとってまるで目に見えるようだが、すべて「困ったなアという顔」というところから発展した想像である。いつか狸に感情移入してしまっているのがほほえましい。

のちに、ピアノの調律師がやって来て、「お宅のあたり、狸なんかいらっしゃいますか?」と、狸に敬語を使ったという。「思わず笑ってしまった」と言う妻の話を聞いて、いっそ「ええ、いらっしゃいますよ。ついこないだなんか、午前中の日の明るいときに、おとなりの門のよこに出ていらっしゃいましたよ」とでも言えばよかったのに、と夫は思う。

庄野の『文学交友録』が出たとき、長女の手紙に、「一つの章を読む度にこれがいちばん面白いと思います」だの、「きっと売れに売れて嬉しい悲鳴が上る予感がします」だのとある。当人は「間違っても自分の本が」そんなことになりっこないと百も承知だが、日の出に向かって、「どうぞいっぱい売れますように」とお願いしている娘の姿を思い浮かべながら、「つくづく有難い」気持ちになるという。読者もひとしきり温かい気分にひたる。あとから来た手紙には「こういう本がどんどん売れないようでは日本もおしめえだな」と夫の読後感を書きとめてあったそうだ。

この長女、「今朝、犬の散歩で森に入ったら、いのしし狩りのおじさん達が山の中に入って行く」のに出会ったらしい。「今は多分、昼寝中で、見つけるのは難しいかもしれんな」と話しているのを聞き、「見つかるなよ。うまくやれよ」と猪に「心の中で応援」しないではいられない。「そうやすやすとシシ鍋にはならないよ」と手紙に書き、終わりに「いのししが鼻息を吹き出しながら走る絵」を添えてあったという。その絵はきっと「山の中を突進するいのししの気持になって書き入れたものだろう」と、父親の思い入れも深い。

郭公《かっこう》の電話

『庭のつるばら』に、「朝、新聞を見ていたら、うらの雑木林で郭公が鳴く」とある。その朝、妻はもっと早く、五時に目が覚めたときに郭公の声を聞いたという。鳥が鳴くという何でもないことに、日本人は季節の到来を感じてきた。庄野と親しかった作家小沼丹の最後の随筆集となった『珈琲挽き』に、近所に住む作家吉岡達夫から、「いま、うちの屋根で郭公が鳴いている」とわざわざ知らせる電話があったという話が載っていることを、庄野は妻に知らせる。

その小沼丹が亡くなった翌年、庄野家に小沼の次女川中子《かわなご》李花子の手になる『馬画帖《うまがちょう》』が届く。非売品だが、縁あってわが家にも届いたからよくわかる。「病院のベッドで」午年生《うまどし》まれの小沼が「大学ノートに馬の絵ばかりかいていた」のをまとめたスケッチブックである。小沼の子供のころに父が馬の絵ばかり描いて見せたらしく、「死を前にした小沼」にそういう記憶が蘇ったのかもしれない。どの馬も「みんなやさしい目をしている」し、「馬をとりかこむ男たちも」ひとり「残らずおだやかな顔をしている」。幼子を見守るようなそんな不思議なスケッチ集である。

長編『山田さんの鈴虫』は、「私の吹くハーモニカにきき入って、しばらくしてなき出すように見える山田さんの鈴虫のことを、妻は「おともだーち」と呼んでいる」といった場面で始まる。これだけでもささやかな家庭の幸福と静かな夫婦の悦びが伝わってくるだろう。少しあとには、「夜、一日の仕事が終ってあとは風呂に入って寝るだけというときに、私は妻が書斎から持って来たハーモニカをとり上げ、好きな唱歌や童謡を吹き、妻が歌う。これが日課となった」と、その背景の説明が出る。そして、唱歌のあとにハーモニカだけの「カプリ島」となるのがおきまりだ。この軽快で楽しい曲は友人の作家小沼丹の好きな曲だったらしい。何年か前から「私」がこの夜のハーモニカで「カプリ島」を吹き、「それに合せて妻が手を振り、あるいは卓を打って拍子をとる」のは、今は亡き「小沼への供養という気持」があるのかもしれないという。

この作品の後ろのほうに、帝塚山学院の初代院長であった父親に関する逸話が載っている。同窓会の八十周年の記念行事として開かれた公開座談会で話した内容らしい。「家庭における父庄野貞一は、おだやかで円満、子煩悩な人でした」と始めた後、自分の子供のころの父のエピソードとして、こんな話がある。夏の甲子園の野球大会が開かれていた時期のようだ。「夕食後に畳によこになって眠っていた父のいびきが止ったかと思うと」、突然、「敦賀の佐田投手」と言って、またいびきをかきだしたという。潤三が敦賀商業の佐田投手のファンなのを知っていた父が、寝言めかしてそのことばを発し、息子を喜ばせようとしたのだったかと、潤三はそれをいい思い出として残しているのだろう。

七月末のある日、「夕方、妻はホースの口を洗面所の井戸水の蛇口にはめて、庭木にたっぷり水をやる」という日記風の一文があって、庭木が「ありがとう」と言っていました、という妻の一言を、この作家はさも大事なもののように書き添えるのだ。こんなふうにだらだら書き連ねてきた、庄野作品のなにげない一節の紹介をずらりと並べてみると、一つ一つはどれも取り留めのない話ながら、そこに人間とか人生とかというものの切れ端がひっかかって、筋のない筋をつないでいるようにも見えてくる。

酒盃の文学

『山の上に憩いあり』には、さまざまな人物の心にしみるこぼれ話が詰まっている。そのいくつかを抜き書きしてみよう。批評家の河上徹太郎は、酔ってくると、店でもないのによく「お勘定！」と言うくせがあったらしい。庄野家で飲んでいる間に酔いがまわってきたらしく、早々と「お勘定！」が飛び出した。庄野が慌てて、まだまだ第二部と第三部があるからと引き止めにかかる。その慌てぶりを楽しんでいるようすで、「お勘定！」を何度も繰り返すのだという。もう帰るという意志表示ではなく、どうも、「楽しくて仕方がない」という喜びの表現だったようだ。そういう河上徹太郎語録の最後に、「跡とりはなし、遺産はなし、後世に残すべき業績はなし、こんな奴はどうして死ねばいいのかなと自問したあとで、切腹というわけにもゆかないから、短い余生を僅かな在り金と僅かな才能と僅かな健康をなし崩しに使って、もう少し生きる」、それしかないと、この文芸評論家は語ったとある。人間のほとんどにあてはまる人生訓ではないか。

叡智の文学で知られる英文学者の福原麟太郎、その随想全集の第一巻が「人生の知恵」という題で刊行されるのは象徴的だ。そう始めた庄野の編者としての「あとがき」は、手まりのようにまるまるとした福原の身体に詰まっているものを一言で言えば「人生の知恵」がいちばんふさわしいと続く。東京中野区野方の福原家から庄野家に届く贈り物は、どれもこれも「酒のさかなにこの上ないものばかり」だったらしい。「少量のウイスキーしか飲むのを許されなくなってからの福原さん」しか知らない庄野にとって、これは不思議でならない。大病の前までは弟子に囲まれて「酒盃を手にする」ことを麟太郎がいかに好んだか、没後に雛恵《ひなえ》夫人から聞いて、ようやく納得が行ったという。

日ごろから英文学は大人の文学だとか叡智の文学だとかと考える福原が、「英文学の特質」と題する学会講演で「チャールズ・ラムは四十五歳以上にならなければ読んでも解らない」と発言したら、司会の斎藤勇《たけし》が、講演者は今年やっと四十五になったので、ああいう説を出したとからかったという。

福原がのちにまとめた名著『チャールズ・ラム伝』の「著者を囲む座談会の録音が放送局であり」、著者の福原のほか進行係として庄野も出席した折、同席した吉田健一の希望で、「ウイスキーの角壜《かくびん》が水差しの水とコップとともに用意された」らしい。その「角壜がマイクロフォンにぶつからないように何度となく卓上を往き来したのは愉快であった」と庄野は書いている。当時はまだ昭和三十年代、生放送にちがいなく、マイクにぶつかって音を立てることを気にしつつの宴会、何だか目に見えるようでおかしい。グラスを傾けながらの文学談義、心身ともに陶然として、さぞやその雰囲気は当のチャールズ・ラム自身も参加したかったのではないか知らん？

『文学交友録』にこんな話がある。庄野がオハイオ州のガンビアにしばらく滞在していたころ、小沼丹から手紙が届き、中に新宿樽平のマッチの外箱をつぶして平たくしたものが入っている。「樽平」は二人がよく飲みに行った店で、「君がホーム・シックを起すように、このマッチを同封しておきます」と便箋に書いてある。これを読んだ庄野は、「早く帰っておいで」という意味のサインと受け取り、「飲み友達としての友情でなくて何であろう」と感謝する。ちなみに、以前、小沼が在外研究員として半年ばかり英国に滞在した折、庄野から届いた手紙に、新宿の鰻屋に行った話が出ていて、小説の中で食べ物をいかにもうまそうに描写する庄野が、白焼きなどはもう芸術品と書いたのを読んで、小沼はとたんに日本に帰りたくなって困ったことを、長編エッセイ『椋鳥日記』に記した。このような互いのやりとりが、それぞれの人生を彩り、ぬくもりを与えていたにちがいない。

脱いだ靴を両手に提げて

庄野潤三が「生れて初めて丸善で買った洋書がエヴリマンズ・ライブラリーの『エリア随筆』だった」という。それから四十年経って、英国倫敦《ロンドン》のチャールズ・ラムゆかりの地を夫婦で訪ねる旅に立つ。その折の行動の記録と思索と感想を綴ったのが『陽気なクラウン・オフィス・ロウ』だ。英語辞典の編纂でも名高い詩人サミュエル・ジョンソンの行きつけのパブがあって、若き日の福原麟太郎が訪れたとき、そのジョンソンの掛けた椅子と作家ゴールドスミスの掛けた椅子と「どちらに腰かけてみようかとためらった」という。庄野夫妻が辿り着いたときはあいにく店の休憩時間で、椅子に悩む必要もなくむなしく立ち去ったらしい。

ホテル内のレストランで、鰊《にしん》の燻製、サラダ、ローストビーフなどを並べて張り切っていた庄野夫人が「急にハンカチを出して汗を拭いたり、生あくびをし出した」。空腹のところにシェリー酒を飲んだのが悪かったのか、顔色がよくないので、部屋に戻って休むことにした。庄野もそろそろ引き揚げようかと思ったところに、デザートを載せたワゴンを押して給仕が現れ、皿を片づけようとした、まさにそのとき、「部屋で寝ている筈の妻」が「勢いよく入って来る」。話を聞くと、「鍵を開けるなりベッドの上に倒れた」が、そのうちに汗が吹き出して気分がよくなり、そのとたん、「殆《ほとん》ど手を付けていない皿が目に浮び」、片づけられては大変と、「エレベーターを待つのももどかしく、絨毯《じゅうたん》を敷いた階段を脱いだ靴を両手に提げて駆けおりて来た」という。「間一髪のところで間に合った」わけで、残っていた料理をみな食べつくしたというから感動的だ。人間味溢れるいい話である。

終章　秋の夕陽に熟れて

福原麟太郎『チャールズ・ラム伝』界隈

ずいぶん遅く生まれた

さまざまな人生をのぞき見ては、人間という不思議な存在を味わってきた、この深い笑いの思索の旅も、いよいよ終わりに近づいた。まず序章と位置づけ、人生のかけらを映す一景を点描する形で、戸川秋骨や長谷川如是閑、あるいは小津安二郎やサトウハチローらの多彩な例をたどり、ヒューマーというものの多様な実態を眺める体験から出発した。

以下三部に分ち、作家ごとの考察を試みた。第一部は夏目漱石からスタートし、その門下の寺田寅彦、内田百閒と語り継いだ。次の第二部では、岩本素白、高田保、あるいは尾崎一雄、永井龍男といった、それぞれ個性的な人物の淡彩のユーモアを鑑賞した。それに続く第三部は、人間的なつながりとして、まず井伏鱒二をとりあげ、次いでその流れを汲む小沼丹や庄野潤三に説き及んだ。

そして、終章として独立させた本章では、庄野と同様、若くして大人の文学チャールズ・ラムの人と作品にのめりこんだ、その英文学の大先輩、福原麟太郎の随想にふれ、滾々と湧き出る奥深いヒューマーに、しばしどっぷりとひたってみたい。おのずと『エリア随筆』の話題もちりばめられ、人生の絵模様に陰翳を添えることだろう。

全体はもちろん、各グループの中も、必ずしも年齢順には展開しない。緩やかな流れに沿って次の作家がおのずと現れるといった、いわば縁に近い偶然の排列に近いかもしれない。なぜか酒をたしなむ作家が多いような気もするが、ここに集う人物群像はたまたまこういう組み合わせになったわけではない。いずれも著者の偏屈な美意識や気まぐれな笑いのセンスと波長の合う作家であるとともに、たがいの資質の点でも通い合うところがあるはずである。

研究社の雑誌『英語青年』掲載の夏目漱石をめぐる対談で、庄野潤三は初めて福原麟太郎と顔を合わせたという。漱石の亡くなった大正五年に自分は二十三歳だったと福原が随筆に書いていることを話題に、庄野が自分は「それから五年あとの大正十年に生れました」と言うと、福原は「ずいぶん遅く生れたものですね」とことばを返したというやりとりが、庄野の『文学交友録』に出ている。福原としては、庄野が漱石と同時代人でありえなかったことを惜しんで、その不運を嘆いてみせたのかもしれない。そう考えると、この奇妙な言い方にもなかなかの味わいが感じられる。

福原は『泣き笑いの哲学』に、ものがおかしいということは作者の人間観によると述べている。「表面、誰が読んでもおかしく書かれていることが他面悲しく感じられ」たり、逆に「表面誰が見ても悲しいものが、他面おかしいと感じられ」たりすることがあるが、そういう場合は、そんなふうにものを見る哲学がその人の奥に隠れているのだという。「おかしいこと」と「悲しいこと」とが「一つである境地が存在する」というのであり、「おかしくて悲しく、悲しくておかしい、背中合せの泣き笑いというものがこの世にはある」という主張である。それを「諸行無常の笑い」と呼び、英語の「ヒウマー」に相当すると言って、そういう奥深いおかしみを湛えた随筆を書き続けたチャールズ・ラムを代表的な存在と位置づける。

本のこそこそ話

『雑書のジャングル』に、「知識だけでわかるものは浅薄なもので、何かしら悟得というようなことが起らなければ本当に解った気はしない」とある。その「本当のこと」がわかってしまえば、「知識」など大した価値はなくなるのだが、そこに至るまでに相当の知識を積む必要があるのも事実だろう。しかし、今の自分が「本当のこと」だと思っているものも、実は「もっと奥ふかいもの」があるのにまだ気がつかないだけなのかもしれない。そして、「真理への途上、或るところまでやって来て、真理そのものに直接行きつかぬうちに、死に迎えられる」のが「読書子の一生」なのだろう。

昔の文理科大学の同僚だった数学者は、「数学をやってやりぬいているうちに、お経が好きになり、哲学教室から仏典を借りて来ては読んでいた」が、そのうち自分で古本屋から珍しい仏典を見つけ出して、哲学教室にせがんで買ってもらったらしい。つまり、「数学の究極するところを仏典の中に発見した」ことになる。読書は結局、「娯楽と知識を通じて、人生を知ることであり、人間の幸福を招来する」ことなのだと、福原は考えている。

『小春日和』には読書の楽しみが弾んだ筆で描かれている。「秋の太陽が、ぽかぽか照って、空は塗りつぶしたような碧。そういう日には、庭のまん中へ籐椅子を持ち出して、本を読む。それは人生の楽しみの一つである」と始まり、「あまりの明るさに目が疲れたなら、うちの中へ入って、畳の上へねそべるがよい。つい近処を散歩してみるのもよい」と続く。そして「カメラをのぞいている奥さんが写しているのは犬と赤ちゃん」といった家庭の幸福の象徴のような光景が展開する。「明るいうちから、湯舟につかって、うつらうつら物を思うのは、秋の好日の良きフィナーレ」として一編を結ぶのだが、何やらそのあとにウイスキーが待っているような気がしてならない。

『読書ということ』に、読まない本に圧迫される気持ちを怪談まがいの大仰な口調で語る箇所がある。福原の師にあたる英語英文学の岡倉由三郎は、あの『茶の本』の岡倉天心の弟だが、定年前に退職し、東京練馬に閑居するために引退したようだ。その理由がふるっている。「書庫の中で、買って積んでおかれたばかりで一度も読まれない本が、夜もふけわたる丑三時《うしみつどき》に、こそこそ話をしあっている」のが聞こえ、耳を澄ますと、どうやら「読んでもらえない不幸を訴えている」らしい。その声を「耳にするとともに一念発起して退職し、その罪ほろぼしに読書をして暮そうという気になった」というのだ。

それらの本が結局どうなったか、『悲しき蔵書』の中に、その行く末が書いてある。専門書を中心に三千冊を選んで、かつての勤務校であった東京文理科大学の図書館に寄附し、生前親しかった人びとに形見分けのような形で分けたが、なお相当の数の雑書が残り、神田の有名な古本屋に一括して売り払った。全体の値段をつけたあと、古書店主は入用の本があれば勝手に抜き取ってもいいと言ってくれたそうだが、いったん売ったものを抜き取るわけにもゆかず、「どうして、せめて天心のバイブルとペデカのロンドン案内記をでも、勇を鼓して抜きとらなかったのか」と、あとになって悔やんだという。

雑書ではあっても、「先生の手垢によごれ、先生の思い出のまつわっている本ばかり」であり、先生が生きていたら決して手放さなかったと思われる本もある。何でもない小冊子でも、「先生のロンドンやパリやベルリンのある日の記憶を濃く宿していたものに相違ない」。「先生の体温を受けることがもっとも多かったかも知れない」それらの雑書は、寄贈された良書とともに「さまよい出て、昔書庫にいたときと同様、いつまでもいっしょに放浪するつもりであったかも知れない」と、福原は「もののはかなさを、しみじみと感じ」るのである。

水に流す

作家の十和田操が朝日新聞出版局に勤務していたころ、福原邸に根気よく通い、三年がかりで大著を脱稿させた。福原はそれを随筆的訪問と呼び、折しも庭に咲きほこる桃の花を眺めながら、友情のたまものと感慨にふける。渡英の機会の訪れた福原に、十和田は自分の名刺をテムズ河に流すよう依頼する。チャールズ・ラムの愛したロンドンに敬意を表するためだ。連日の強行軍に綿のごとく疲れた体でウエストミンスター橋に赴き、投じた名刺の行方をしばらく追っていたことを『英京七日』に記している。

実利的観点に立てば、ラム自身に敬意の届くはずはなく、頼むほうも引き受ける側もおよそ馬鹿げている。だが、人間のむなしい行為が、人との思いを結び、夢をつなぐこともある。それから四半世紀を過ぎた一九八〇年の五月、庄野潤三・千壽子夫妻は福原の名刺投下地点を探しさまよう。三者三様の無駄な行為が読者には貴重に思え、人間の愚かさがいとおしくなる。

あれがぼくの学校

『ぼくの大学』によれば、福原が英国に留学したのは、東京高等師範学校を卒業後十年ほど経った一九二九年から三一年までのまるまる二年間だったようだ。「秋風がようやくテムズに小波を立てはじめたころ、その河っぷちのキングズ学寮」に入学手続きをとったという。そして、研究資料の関係で「ケイムブリッジ」にも通うこととなったため、「無邪気な人」に「ロンドン・アンド・ケイムブリッジ」などと言うと、「余程えらい学者だろうと思うのか、背丈を少しちぢめてくれる」相手もある。結果として、嘘を言わずに「まんまと人前をうまくつくろって」しまい、「自然な成行で大学教育をうけたこと」になって、文士録や年鑑などには「ロンドン大学卒」という偽りの記載も散見するらしい。

しかし、事実としては、東京高師の主任教授の奨めでロンドン大学の碩学《せきがく》ゴランツ教授の詩歌史と戯曲史の講義を聴講したが、翌年に先生が急逝したため、それも一年間だけとなった。それでも、NHKラジオの「日本の洋学」というテーマの座談会で出会った学者たちは、イギリス人もドイツ人もみなロンドン大学の出身で、何かと共通の話題も多く、英国大使館その他でもロンドン大学出身、キングズ学寮の学生だった人たちと話す機会もしばしばで、「ロンドン大学同窓会をつくろう」という話まで出たという。名だたるシェークスピア学者ら偉い学者の名前が出ると、その人の本を読んだだけで講義を聴いていなくても、「何だか教わったような錯覚を起す」こともあり、「そういう先生がいたんだぞと、威張りたくなって来」る。福原も人の子、その気持ちはよくわかるだけに、読んでいてうれしくなる。

留学から二十年以上経った一九五三年に、前節でふれた英国政府招待のイギリス見物の旅があり、その折、オックスフォードで古英語学のレン教授と昼食を共にし、ゴランツ先生の講義を聴いた話をすると、レン博士も「あの学寮で講師をしていた」と言う。まさしく「縁は異なもの」だ。ある日、ロンドンの放送局BBCを訪ねると、「そのすぐそばにわがキングズ学寮の小さなゴシックの正門が」、商店のショーウインドーの間から「そっと顔を出している」。それを発見した昂奮のまま、脇にいた河上徹太郎に、そこを指さしながら、思わず「あれがぼくの学校」と紹介したという。大の大人、それも天下の福原麟太郎という大文学者ともあろう人物が一瞬、童心に帰るというよりは、ほんとの子供に戻る瞬間だ。デアル体で書いてきたそのエッセイを、当の福原は突然デスマス体に切り換え、「そのときの気持をみなさんどうか想像して下さい」と読者に直接働きかける、弾む一文で閉じるのだ。

懶惰《らんだ》の風情

『イギリスの古さと新しさ』という随筆は、「妙な国である」という短い一文で唐突に始まる。もちろん、それは英国のことである。英国人に接した驚きに端を発し、人間と文化を考えたエッセイだ。「毎年議会を開いて、臨時に陸軍を置くという決議」をし、そういう形で「二百六十五年続いている」という、まさに「嘘のような話」である。ナポレオン戦争のときの教訓から、「英国陸軍の大演習というのは、退却の演習」になったというのも、それこそ「本当かしらと思う話」だろう。「どんなに妙でも」、英国人はそれが「現実を処置するにいちばん適切な方法だと信じている」限り、その「古風で現実的」なことを守り続ける。古いことはすべて廃止し、何でも彼でも新しい理想を追い求める傾向のある浅薄な日本人には思いも及ばぬ生き方だと、福原はその違いに目を開かれる。

「路傍で待っているタクシーが、博物館的に旧式な型」なのに驚く話は多いが、その名も依然「タクシー・キャップ」であり、「カー」ではないのも、「十九世紀のもの」で「間に合う」という考え方の象徴なのだと福原は考える。運転手も「乗せてあげようという態度」で、「二シリング心付をやっても二ペンスしかやらなくても、平然として眉一つ動かさない」らしい。「とにかくわれわれは、こうしてやって来たのだ」、矛盾していても構わない、「これで旨く行くんだ」、困るところだけ直せばいい、「個人が幸福に自由に暮してゆける社会がイギリス」なのだ、「われわれは経験している」、そんな「心組み」であり、そういうイギリス的な生き方に自信がみなぎっているという。

『英国的笑い』にも、そういうイギリス人らしい独特のセンスが溢れている。スペインで他国の記者から、「君の国の兵隊は一人で日本兵十人に相当するという話だったが、どうしてシンガポールを取られたんだ」と冷やかされたとき、英国の新聞記者が眉ひとつ動かさずに、「いや不幸にして日本兵が十一人来たもんだから」と応じたという話もその一つだろう。また、そのシンガポールに乗り込んだ日本の新聞記者が、「総督をつかまえて、要港陥落の感想をと詰めよった」ところ、総督は「砲弾の殻の半分こわれたの」を見せて、「こんな奴が窓から無断で飛び込んで来た」と言い、よかったら、どうぞ、「ステッキ立てになるよ」と逆にからかったという。

こんなふうに「ぎりぎりの所まで行っても、まだヒウマーの感覚を失わないでいられる」国民性を羨む福原は、「東亜の大拠点を失ったその代償」として、「無断で投げ込まれた砲弾の破片一つ、ステッキ立てには風雅でいいと、空嘯《うそ》ぶくところには」、「そんな質問に答えるだけ野暮だ、という無言の返事」と、「戦争も人間生活の一つの現象にすぎない、ステッキ立てをこしらえる手続きだったのだという諦観」があり、「負けた戦は過去のもの」、「そんなものにかかずらってくよくよするより」、「思い切りよく振りすてて、新しい未来へ気分を替えるんだという、転身の妙がある」と感心する。そしてそれを、「英国人が現実家であるゆえに備えている保身の持薬」だと位置づけるのだ。

「短髪の人に神様は風を加減する」というフランスの諺を、イギリス人は「毛を刈った羊に神様は風を加減する」と訳したという。福原はさらにもじって、「神様は毛を刈ったラムに風を加減して下さる」と変更し、それをチャールズ・ラムらしくどもりぎみに発音させる。こうして子羊ならぬ人間のラムは木枯の寒さも冷や飯のつらさもしのいできたのだという。英国人はこんなふうに現実から逃げる形でそれと戦い、人間らしい生活を守ってきたのだと言いたいらしい。福原はそれを「人間万歳の思想」と名づける。苛酷な現実を克服して人間らしい生活を守るため、荷を軽くする転身の術を英国人は「ヒウマー」に求めたのだという。

『イギリスの乳離れ』では、英国人の時間の使い方にふれている。「星をいただいて家を出、星をいただいて帰る」日本の勤め人の生活とはだいぶ違う。彼らは「午前九時から午後五時までしか働」かない。しかも、「四時半に午後のお茶なるものを権利として飲むのは昔からの習慣」であり、さらに午前十時過ぎの「朝の茶」の時間も設けられ、「仕事を始めたかと思うと、もうその時間に」なる。「懶惰という印象」があって、「よくよく、閑暇の好きな国民だと思う」が、当人たちは、そのほうが能率が上がるのだと主張する。

これは時間だけのことではなさそうだ。「航空機工場を見に行ったら、職工がタバコをくわえて仕事をしているのに驚いた」が、福原は「なにかしら人間的なところがあって、機械に使われるのではなく、あくまで人間が機械を使っている」のだという「風情が、むしろ気に入った」ようだ。「悠々として能率を上げている」と感じたらしい。懶惰であるというよりも、「懶惰の風情が好きなのだろう」と推測し、福原は「心の中では、この野郎と思って働いている」という感想を記している。

『日常性』でも英国人気質に言及している。午後四時半頃のお茶の時間、英国の人間は世界中のどこに行っても、その「ティー」を求めるらしい。「郷に入らば郷に従え」という日本とは逆に、どこへでも英国を持ち歩くのだという。「英国の風土的嗜好が、そんなにも抜き難いものか」と驚くほどだ。

三十三年間、東印度商会の会計係として勤め上げたチャールズ・ラムは、「その往き還りの道」、ある時期には毎日、洒落を六つずつ考え、それを「モーニング・ポスト」という新聞に売って、「一日三シリングずつ月給の足しにした」ようだ。ラムに限らず、英国人は「平板な日常の道を、だまりこくって歩きながら」、みな洒落を考えているのかもしれないと福原は思う。英国的なヒューマーというのは、ものごとを「別の面から見直して、あらゆる人事の執着を無価値にしてしまう」、そんな「価値転換の術」だと見るのである。

鉛筆に似たペン

『私の中の日本人』は恩師の岡倉由三郎の思い出である。弟子に厳しい昔の学者のうちでも、特に際立っていたらしい。学生の半分が泣くほどに手を緩めない先生だったようだ。「道草的雑談」は英語の後ろにあるイギリス、ヨーロッパ、さらには世界一般、広くは世界の文化であり、広くは人間の文明すべてにわたる知的生活人としての視点を与えられたという。日本語にも厳しく、今ならさしずめ「お求めやすい」を「お求めになりやすい」と直すところだろうが、そのころは「お気をつけて」ではなく「気をおつけになって」であり、人の顔を「しげしげ」と見てはいけない、「しけじけ」と見るのだ、ご馳走は「うまい」のであって、「おいしい」は女ことばだと注意したらしい。血統正しき純正日本語を愛するのだ。日本語はもちろん縦書き。「だった」という言い方はやめて、ちゃんと「であった」と書くようにと指導する。「先生そこのところをもう一遍やってください」と訳読の繰り返しをお願いする学生がいたりすると、顔を真っ赤にして、「私は車夫ではありません」ときつく叱ったという。

『大学学長たる亦難《またかた》し』は、ほんものの学長がアメリカ見学に出かけている間、その「留守番を頼まれた代理学長」として過ごしたもの珍しい日々を描いた洒脱な雑文。送り迎えは車だが、貧乏学校のため「学長乗用車も、あわれなダットサン」で、「焼け跡の警察署の前でえんこ」したり、満足に動いても、「道路の悪いところでは恐ろしく揺れる」。「学長が頭の天辺をときどき怪我しているという噂」を疑うことができなくなったというから、気の毒ながらおかしい。

「毎日、高さ一尺にも及ぶ書類の堆積」を前に、父親の遺品である水晶の印鑑を酷使するのが可哀そうになる。「心得として、ハンをつく場合には、その都度、印肉の上を軽く一、二度叩いて、それを紙の上へ持っていって丁寧に抑えるものと教わっていた」が、「練達な秘書が私のハンコの手附をもどかしそうに見ている」ので、「そのような儀礼を施すことは不可能」と悟る。

「三日目にはもう、これは飛んだことを引きうけたものだと後悔し」、事務局長に、夏休みはどうなるのかと訊《たず》ねると、学長は教官ではなく事務官なので夏休暇はないとの返事。学校の教師というものは「来年の夏休み」を期待して「十年かかっても出来ない仕事を背負っているものなの」にと、「計画の山が、たちまち崩壊するのをまざまざと見た」と嘆く。教員経験のある読者には実によくわかる心理である。

朝鮮動乱のころで、学内外にいざこざが絶えず、毎日のように学生と議論するはめになる。「君達の心持は解るとか、主旨は賛成だがとかと言って話を長引かせる技術を知らなかった」ため、「秩序を守ることによって秩序を改革していってほしい。老齢の智慧を認めてほしい」という二つを繰り返すほかはない。先方も同じことばかり言っている。次第に飽きてきて、「代理学長は、学生と話しながら追憶に耽《ふけ》っていた」らしい。

福原に留学を命じた三宅米吉初代学長は、ある教員が、そうとは知らずに北海の海賊に学校の武器庫から弾薬を供給し、警察に注意されて驚き、責任を感じて辞表を提出した折、「人にだまされるようでなくっちゃ良い教育者にはなれない」と、辞表を握りつぶしたという。人を信ずるのが教育の基本、そのぐらいでなくては学長の器ではないというのだろう。

「入学試験の答案はペンで認《したた》めなければいけない」と決まったときに、数学の老教授が立ち上がり、「ペンで書けといっても、数学など、とかく鉛筆で書くもの」、そういうときは〇点にするのかと興奮ぎみに詰問した。すると、三宅先生は机の上の書きものに目を落としたまま、いとも静かに「鉛筆に似たペンで書いたと思えばいい」と答えたという。福原は自分が今向かっているこの学長の事務机は、その三宅先生も使っていたものだったのだ、と往時を思い返しながら、その長いむなしい時間をじっと耐えていたのかもしれない。

二人のエリア

最後に、福原麟太郎が『泣き笑いの哲学』で、悲しくて可笑しいヒューマーの典型としてあげたチャールズ・ラムの『エリア随筆』にふれたい。福原の『チャールズ・ラム伝』、それに、ラムゆかりの地を訪ねた庄野潤三の『陽気なクラウン・オフィス・ロウ』などを援用しながら、そのエッセンスにふれて、静かにこの本を結ぼう。

一八二〇年八月、チャールズ・ラム四十五歳のとき、『ロンドンマガジン』に『エリア随筆』の掲載が始まったとされる。小説ではなく随筆なのに、それでも本名を名乗るわけにいかなかったのは家庭の事情によるらしい。チャールズ自身がエリアの名で出てくるように、作中に従姉のブリジェットの名で登場するのは実は姉のメアリーであり、心を病み、正気と狂気とが周期的に訪れたようだ。その悪いほうの時期にラム家を悲劇が見舞う。一七九六年九月二十二日の夕刻、その事件は起こった。お針子に裁縫を教えながら働かせている途中、些細なことから口論となり、メアリーは逆上して大型の刃物を振り上げて暴れだし、それが、驚いて止めに入った母親の心臓に刺さって即死する、という痛々しい事件である。

のちに「みんな、みんないなくなった。古なじみの顔が」と繰り返す詩『古なじみの顔』を自分の著作集に入れるとき、「どこへ行ってしまったのだ。あの古なじみの顔は」という最初の一行と、それに続く「母がいた」で始まり、「だが、死んで、私を残した。／ある恐しい日に、時を待たずに死んだ」と続く第一連を削り、ラムが単に「遊び友達があった。仲間がいた」から始まる形でそこに収めたところからも、そのショッキングな事件がよほど心に突き刺さり、長い間その傷ましい記憶に堪えきれずにいたことが想像できる。

ともあれ、この随筆を執筆するにあたり、そんなつらい現実を抱えたチャールズは、身辺のことをありのままの事実として書くことをためらったのだろう。姉だけではなく当人にもまた、そういう血の流れていることを恐れており、実際前年の暮れからその年の一月にかけて、六週間の入院を経験したともいう。

それだけに本名を隠す必要があり、「エリア」という名で随筆を書いた。若いときに勤めていた南海会社の元同僚であるイタリア人の名を借りたのだ。その『エリア随筆』が、『ロンドンマガジン』にいくつか掲載されて、少し世間に名前が通るようになったころ、名前を無断借用したことを打ち明けて一緒に笑おうと、その本物のエリアを訪問すると、相手はすでに世を去っていた。当人の知らぬ間に、ラムの気まぐれによって名前だけがこの世に残る。この皮肉な事実も、そうと知れば悲しく、それでも、どこかおかしい。きっと人生はそういうものなのだろう。

いたかも知れない子供たち

『エリア随筆』の「友人蘇生」に出る話。詩人であり学者でもある、大近視のうっかり屋の好人物、ジョージ・ダイアーがラム姉弟の家を訪問した帰りに、右に曲がるべき道をそのまま真っ直ぐ歩いて行って小川に落ちた。エリアは「白髪頭が銀色をして」水の上に現れ、気がついたら、もう自分の肩に担いでいたという。やって来たのは「水死者の処置手術の方が多い」医者で、川に落ちるのが偶然か故意か、音でわかるという評判らしい。一時は命さえ危なく見えたが、その医者の処方よろしきを得て回復したダイアーが、半死半生の口で、濡れた靴を日向に乾すとひび割れるから陰干しにするように言ったという。大好きなこのことばは、しかし、原文にも、ラムの手紙にも見つからないらしい。いったいどこで読んだのかと、福原はしきりに首をひねる。途方に暮れながら、それでも書かずにいられない、この話の要諦なのだ。たしかに、蘇生した人間の口から出た最初のことばとしては信じられないほどの生活の常識である。

友人のマニングが古代の遺物の研究のために中国に出かけたきり、なかなか帰ろうとしないときに、ラムは嘘八百の手紙を書き送ったようだ。今日はクリスマス、鼻の孔のまわりで七面鳥が炉ばたに煙をあげていると始まり、君が残して行った友人はみな年老いて、君を覚えている者はごくわずか、姉のメアリーは何年も前に死んだ、君の帰国を拍手をもって迎えるはずだったゴッドウィンの墓石に刻まれた某嬢の詩、姉が亡くなるちょっと前にケンブリッジへ出かけた、というぐあいに、友人のワーズワースやコールリッジも相次いで世を去ったことにして、愚かな真似を早くやめて帰国し、お互いに皺だらけの手を握り合って、昔のことを話そう云々と、生きている人間をみな死んだことにして書いたという、その手紙はあまりにも痛々しい。

こんなラムの逸話も紹介してある。手許に余分なお金があると、誰か困っている友人に半ば無理やりに用立てるか、用立てるように見せかけてそのお金を贈ったらしい。困っている友人に会う日までに小切手を用意し、それをわざわざしわくちゃにし、使いみちのない小金ほど厄介なものは無いと、例によってどもりながら話を切り出す。これ、持て余しているんだ、よかったら使ってくれないか、そうしてもらえるとありがたいんだけど、と言うのだという。涙の出るほどやさしい人物だったことがわかるエピソードだ。

そういうチャールズでも恋はしたようだ。若いときの初恋の相手はアン・シモンズという金髪の乙女で、いつどのように出逢い、なぜ別れたかも不明だそうだ。あるいは、自身のそうした血の不安もあってためらい、そのまま身を引いたのかもしれない。明らかにそれがモデルとわかる女性が、この随筆には頭文字の同じアリス・W——nという名で出てくる。アンの嫁いだ銀細工師のバートラムの名を、作中で最後の母音aをuに変えただけでほとんどそのまま書いたところに、福原は「何かしら、いたましいもの」を感じるという。

集中『夢の中の子供たち』と題する一編は、副題に「ある幻想」とあるように、もしも二人が結婚していたら生まれたかもしれない子供たちが夢に現れる話である。それは「子供たちは、おとなが子供であったころの話を聞くのが好きだ」と始まる。「お母さんが娘のころ七年も私たちは会っていた」と語っているうちに、「昔のアリスの魂が子供のアリスの眼に輝き出て」、目の前にいるのがどちらのアリスかわからなくなる。すると、子供たちの姿は遠く離れて行き、「悲しげな顔が二つ見えているばかり」になって、「私たちはアリスの子供でも、あなたの子供でもないのです」と言っているような気がする。そして、無にひとしいもの、夢なのですということばを感じたときに、急に目が覚め、椅子に掛けて眠っていたことに気づく。そこに現れたのは、ありたかった未来であり、結局は叶わなかった望みだった。夢破れても、諦めきれず、こんな形ででも追い求めずにいられない未練。悲惨ながらも人間の愚かさが心にしみて、だからこそ、どこかおかしみを湛えているように思われてならない。

一人称複数の恋文

もしかしたらという華やいだ時期が、チャールズ四十四歳のときにもう一度訪れる。相手はファニ・ケリーという二十九歳の舞台女優だ。ラムは劇評で、自分の隣に坐っていた見知らぬ人が舞台上の乞食娘役のケリーを見て、「何という良い娘さん。一緒に乞食をしてみたい」と言っていたなどと、持ってまわった、とぼけた褒め方をしたようだ。それでもケリー嬢に真意が伝わったらしい。やがて、「貴女が私と運命をともにして下さって」だとか、これまでは「多くの美しい仮装人物」として愛してきたが、今はF・M・ケリーさんその人を云々だとかといった明白な愛の告白を届けるようになったようだ。だが、先方から「遠い昔から、深く根ざした愛情が、私の心を、あるかたに結びつけており云々」といった悲しい返事が来たという。

要するに、前から好きな人がいるという断り状なのだが、福原はそれが「本当かどうかわからない」と考える。むしろ、ラムの求婚の文面の中に「私ども」という複数形がいくつも出てくるのが気になるという。名前こそ出ていないが、結婚を申し込む側にその姉も含まれていることになるからだ。病気の姉を突き放すことなど考えにくく、チャールズとしては家庭に嫁を迎える気持ちなのかもしれないが、女性は「第一人称単数で求愛されることを期待している」から、どうしても違和感がある。それに、受諾すれば、家庭のそういう「悲痛な精神的不安定の空気」の中に身を置くこととなる。落胆させるのは忍びなかったけれども、それでやむなく縁談を断ったと、ケリー自身が妹に宛てた手紙に記しているという。行き違いといえば行き違い、運命といえば運命、これもまた人生である。

貧しかった頃が恋しい

エリアを名乗ったラムのほうは、定年まで東印度会社の会計係として勤務し、五十一歳で退職したのち、ロンドン郊外に居を移し、年金暮らしに入ったようだ。結果として、心を病む姉の世話をしながら、ついに独身を通したラムは、自身にもあの病がまた起こりかけてきたことを感じつつ、それでもなお連日、ジン酒にひたっていたらしい。昼間はロンドンに通じる道を往復しては、あの街の雑踏を懐かしんでいたが、ある日、路傍の石につまずいて転び、額に傷を負った。それがもとで、丹毒にかかり、わずか五十九歳で落命する。

『喫茗瑣談』または『古磁器』、あるいは『古茶碗』と訳される一編のエッセンスにふれて、ささやかなこの本の結びとしたい。

少々きまりが悪く女々しいまでに、自分は古い陶磁器に惚れこんでいる。人間は誰しも、いつどこで身についたか思い出せないほど古くからの好みというものがある。そんなふうに始まるこのエッセイは、ペントンヴィルのチャペル通りの四五番地から三六番地に移り、姉のメアリーと新しい家庭を営むころのことを書いたものだという。「従姉」とぼかしてあるのがそのメアリーだ。

紅茶を混ぜない緑茶をすすりながら、最近手に入れて今使い始めたばかりの、藍色の染付けをした、中国の古い骨董品の茶器にある、風変わりな美しい絵を従姉のブリジェットに見せて、このごろは境遇にも恵まれて、大したものではなくともこんなちょっとした物が買えて、目を楽しませる余裕もできたと言う。すると、話し相手の眉にさっと憂いの雲がさした。そして、こんなに金のなかった楽しかった昔にもう一度戻れたらどんなにいいだろうと言い出した。今ではごく普通の買物でも、あのころはうんと倹約をしてようやく手に入った品だから、うれしさが違った。貧乏がしたいというのではないが、ささやかなことにも感激のあったあのころは、ほんとにしあわせだったのだ。

それからそれへと実の姉弟の話はきっと盛り上がったことだろう。あとから考えてみれば、それは心を病む暗い二人の薄倖の人生に、束の間射し込んだ穏やかな明かりであり、何ものにも代えがたいしあわせなひとときだったような気がする。

福原麟太郎の美意識について語りつつ、その麟太郎の愛してやまないチャールズ・ラム、特に『エリア随筆』の周辺へと、筆はおのずと伸びていった。『おつりのこと』という随筆に、買物で大きな札を出して釣りをもらうことへのためらいを記した。時間がかかって店員や他の客に迷惑がかかることもあるが、それよりも「利己的な感じがあるのがいや」なのだという。これが人柄を象徴するエピソードだとすれば、『四十歳の歌』という随想には、自身の人生観がさりげなくのぞいている。そこにふわりとふれて、それとなく結ぼう。

「人生は四十から」などということばを聞くと、「浅はかな人生観を赤いネクタイに結びつけて」「ズボンのかくしへ手を入れて小銭を勘定している」ような感じがし、「やい神妙にしろ」と言いたくなるという。格段に寿命の延びた今なら、六十代ぐらいの感覚だろうか。当時の四十歳は、野心を隠さず勝負はこれからだなどと息巻く年齢ではない。この人生で、自分に何ができて何ができないかという見通しがつき、「蕭条として心が澄んでくる」年ごろなのだという。

これが自分の人生なのかと、青空を眺めながら、「これからさきは力一杯に出来ることをして、秋の夕陽の中で、静かに熟れてゆこう」と、晴れやかな秋の歌になぞらえて澄明な心境を語り、温雅なエッセイを結ぶのである。

ラム姉弟の対話にしろ、福原の述懐にしろ、はかなさの奥にひろがる、しっとりとした透明感が、静かな微笑を誘う。それにつれて、思いもかけず、人間にとって幸福とは何かを、読者はもう一度考え直すかもしれない。

中村 明

1935年9月9日山形県鶴岡市生まれ．国立国語研究所室長，成蹊大学教授を経て母校早稲田大学の教授となり，現在は名誉教授．主著に『比喩表現の理論と分類』(秀英出版)，『日本語レトリックの体系』『日本語文体論』『笑いのセンス』『文の彩り』『日本語 語感の辞典』『語感トレーニング』『吾輩はユーモアである』『日本語のニュアンス練習帳』『日本の作家 名表現辞典』『日本の一文 30選』『日本語 笑いの技法辞典』(岩波書店)，『作家の文体』『たのしい日本語学入門』『小津映画 粋な日本語』(筑摩書房)，『文体論の展開』(明治書院)，『美しい日本語』『日本語の作法』(青土社)，『新明解類語辞典』(三省堂)，『比喩表現辞典』(角川書店)，『感情表現辞典』『日本語の文体・レトリック辞典』(東京堂出版)など．『集英社国語辞典』編者．『日本語文章・文体・表現事典』(朝倉書店)編集主幹．日本文体論学会代表理事(現在は顧問)・高校国語教科書(明治書院)統括委員等を歴任．

ユーモアの極意——文豪たちの人生点描

2019年2月26日 第1刷発行

著 者 中《なか》村《むら》 明《あきら》

発行者 岡本 厚

発行所 株式会社 岩波書店
〒101-8002 東京都千代田区一ツ橋 2-5-5
電話案内 03-5210-4000
http://www.iwanami.co.jp/

印刷・精興社 製本・牧製本

ISBN 978-4-00-025429-8 Printed in Japan